내가
없는
곳에서
너는

홍임정
소설집

홍임정 소설집

내가 없는 곳에서 너는

초판1쇄 인쇄일 2025년 7월 1일
초판1쇄 발행일 2025년 7월 7일

지은이 홍임정
펴낸이 안민승

인쇄처 아라인쇄

펴낸곳 파우스트
주소 제주특별자치도 제주시 애월읍 상가중길 9-12
전화 010 4754 2637
전자우편 piepiepie@naver.com

ISBN 979-11-87494-29-4

값 15,000원

파우스트 소설선

내가 없는 곳에서 너는

홍임정 소설집

작가의 말

한국전쟁 때 솥 하나 머리에 이고
함경북도 고향을 떠나야 했던 나의 조부모님은
평소 망향의 설움과 그리움을
'빨갱이'에 대한 분노와 증오로 대신하시곤 했습니다.
깜깜한 밤 이불 맡에서
엄한 목소리로 들려주시던 빨갱이 이야기는
자라서 이야기의 참과 거짓을 구분할 수 있기 전까지
세상에서 가장 무서운 빨간 유령들의 이야기였습니다.

십오 년 전 제주로 내려와 정착해 살면서
이 땅에서 벌어졌던 비극에 대해
이웃 어르신들에게 들은 이야기의 대부분은
'낮에는 군인이 올라와 괴롭히고,
밤에는 폭도가 내려와 괴롭혔다'는 것이었습니다.
오랜 세월 동안 이 땅에서
군인이 괴롭힌 이야기는 침묵을 강요당했고,
폭도가 괴롭힌 이야기만 마음 놓고 회자되었기에
어르신들의 마음 속에는
'폭도'라는 단어가 더 깊고 무섭게 각인되어 있었습니다.
이제는 사삼의 참과 거짓이 밝혀지고

희생자 명예 회복이 이루어졌지만
세상에서 가장 무서운 산속 유령들의 이야기는
이들의 마음에서 아직도 내려오지 못하고 있는 것 같습니다.

남한에서의 '빨갱이'와 '폭도'처럼
북한에서는 어떤 이름을 가진 유령들이 있을까 짐작해 봅니다.
이곳의 세상에서 가장 무서운 이야기와 똑같은 방식으로
저곳에서도 밤마다 창문을 굳게 닫게 만드는
세상에서 가장 무서운 이야기가 있기에
서로의 유령을 물리치려는 철조망은
80년이 돼가도록 저렇게 공고한 것 같습니다.

어둠은 빛을 이기지 못한다는 어느 노래의 구절처럼
이 땅에 드리운 어둠 속에서 활개치던 유령들이
언젠가 빛 속으로 흔적 없이 사라지고
환한 빛 아래서 서로의 얼굴을
거짓없이 볼 날이 오리라는 믿음을 갖고 이 소설들을 썼습니다.

이천이십오년 칠월

홍 임 정

차례

어둡고 밝은 방

가장 오래된 밤의 물레가 미명의 실을 잣기 시작해도 창 하나를 사이에 두고 아직 어둠에 잠겨 있는 방.

깊이 잠들어 있는 이불 속 남아 있는 바닥의 온기에 방의 어둠은 조금 더 유지된다. 이윽고 마을 확성기를 통해 날카롭고 둔탁한 사이렌이 울린다.

…… 대한 …령도…수령님의… 혁명의 역사를 …… 오늘도 ……

꿈틀거리는 이불 속에서 제일 먼저 몸을 일으키는 젊은 어미의 목소리가 잠겨 있다.

야, 야, 일어나라, 일어나. 이?

하루가 다르게 차가워지는 공기 속에서 계집아이가 발딱 일어나 앉는다.

엄마.

우리 영림이 일어났구나, 이?

오줌.

오줌 마려워 일어났구나. 오지단지에 누라.

찰박찰박 발자국 소리가 방 안을 가로질러 단지 안으로 쪼르르 떨어진다.

몇 신가?

기상 소리 났지 않아요?

찰박찰박 발자국 소리가 다시 방 안을 가로지른다.

젊은 어미는 방문을 열고 부엌으로 나가 차가운 디딤돌에 맨발을 올려놓는다.

아, 차가워라.

창밖의 하늘이 희부윰하게 밝아오고, 암청색의 산 능선이 어둠을 흡수하며 모습을 드러낸다. 저 멀리 추운 계절이 다가오고 있다.

야, 야, 일어나라, 이.

젊은 아비의 목소리도 잠겨 있다. 사내아이들이 부스스 일어나 앉아 얼굴을 찡그린다. 멀리 날아가는 까투리를 바라보는 듯한 표정으로 잠을 떨쳐내고 있는 두 사내아이의 낯빛에 푸른 아침이 어려 있다. 창밖엔 새소리가 요란하다.

젊은 아비가 검은 어깨를 드러낸 민소매 차림으로 방문을 열고 부엌을 지나 밖으로 나간다. 사내아이들은 흩어진 이불을 개는 듯 마는 듯 한없이 굼뜨다. 계집아이는 부뚜막 앞 엄마 곁에 쪼그리고 앉아 불구경을 기다리고 있다. 계집아이는 엄마가 못하는 것이 없다고 생각한다. 불꽃이 낼름낼름 춤추기 시작한다.

함경북도 온탄의 1994년 초가을 아침, 열린 부엌문으로 밖의 찬 공기가 밀려들자 빛인지 바람인지 모를 순간의 칼날이 계집아이의 맨살의 종아리에 근원을 알 수 없는 원형의 기억을 새기며 스치고 지나간다. 꽃씨 같은 소름이 돋는다.

멀리서 들려오는 확성기 소리. 이 나라를 45년 간 통치했던 우두머리가 지난여름에 사망한 이래로 망자를 위한 곡이 계속되고 있다.

젊은 어미가 밥상을 들고 들어와 방바닥에 내려놓자 사내아이들이 앞 다투어 상 앞에 앉는다.

기다리라. 아버지 아직 안 오지 않았니? 이렇게 버릇없어 어따 쓰갔니?

밥상 위엔 묽은 통 강냉이 죽이 담긴 사발 네 개와 작은 간장종지가 하나 놓여 있다. 밥상을 둘러보는 젊은 어미의 광대뼈가 빛난다. 젊은 아비가 계집아이를 안고 들어와 말없이 내려놓는다. 젊은 어미는 계집아이를 자신의 무릎 위로 끌어온다. 젊은 아비와 사내아이들과 어미의 무릎 위에 앉은 계집아이가 상 앞에 마주 앉아 죽을 먹는다. 젊은 어미는 계집아이의 엉치뼈를 느끼고만 있다.

지난여름 이래로 사람이 죽을 먹는 것이 아니라 죽이 사람의 목구멍을 삼키고 있지만, 이 끝없는 허기에 대해 가족은 의심을 품지 않는다. 다만 평화롭고 배고픈 아침 풍경이다.

보오, 영훈 아버지. 우리 농장에 갔다 오는 길에 산에 가서 나무 좀 해 오기요.

벌써 철이 그렇게 되었나.

그러니까 미리미리. 애들아-.

사내아이들은 어느새 깨끗이 그릇을 비우고 서로의 옷가지를 잡아당기며 부엌문 밖으로 뛰어나가고 있다.

젊은 어미가 소리친다.

산에 가게 학습 마치면 곧장 들어오라.

동무들하고 략속 있댔잖아요.

혀를 차는 아비에게 어미가 말한다.

그래도 영호 저 간나가 형보다 성적이 더 좋단데.

엄마야, 나도 산에 따라 갈 꺼야요.

젊은 아비가 계집아이를 보며 미소를 짓는다.

이 방에 단 하나 뿐인 서쪽 창으로 유리처럼 맑고 투명한 가을 하늘이 열리고 있다.

지금으로부터 35년 전 이 방에는 손톱이 모두 빠질 때까지 하루 종일 벽을 긁던 여자가 있었다. 여자가 목을 맨 후 손톱자국이 가득했던 벽지 위에 벽지가 다시 덮이고, 바래진 벽지 위에 벽지가 다시 덮이고, 그 위에 또 덮이고 덮였다가, 나무판처럼 두꺼워진 벽지의 지층이 모조리 뜯겨진 후, 맨살의 시멘트 위에 얇고 새하얀 벽지가 새로 덮였다.

키가 크고 늘씬하며 아직 미혼이었던 화사했던 여자를 지금까지 기억하고 있는 것은 이 방 뿐이다.

1959년 겨울, 수많은 조총련계 재일조선인을 태운 귀국선이 인공기를 휘날리며 니가타이항을 출발하여 함경북도 청진에 처음 닻을 내렸다. 이후 재일조선인북송사업이 종료된 1984년까지 총 구천 삼백 여명의 재일조선인들이 북한에 영원히 귀속되었다.

사람들은 침략자의 나라에서 온 이들은 '째포'라고 불렀다. 그리고 이 세련된 부르주아들이 귀에 거슬리는 말을 할 때마다 당국에 알렸다. 그러고 나면 째포들은 이곳과 같은 산간벽지로 추방되곤 했다.

째포 여자는 자신의 말 한 마디가 가족들을 모두 산간벽지로 뿔뿔이 흩어지게 한 것을 깨닫고는 벽을 긁으며 방 안을 맴돌다가 결국엔 목을 매었다. 그 후로 얼마간 방은 여자의 물건들이 흩어진 채로 텅 비어 있었으며, 누군가 창을 깨뜨린 이후에는 온갖 날벌레들이 안으로 날아들었다.

젊은 어미가 계집아이와 키를 맞추고 앉아 옷을 입혀준다.

오늘도 선생님 말씀 잘 듣자요?

네.

젊은 아비가 어두운 색의 얇은 바지와 반팔 차림의 작업복을 입는다.

우아기 하나 더 걸치라요.

일하자면 낮엔 아직 덥단데.

여기 모자.

나갈 채비를 다 마친 젊은 아비가 습관처럼 계집아이를 잠시 품에 안았다가 놓아준다. 젊은 아비가 방문과 부엌문을 모두 열어젖히고 나간 후 젊은 어미는 방 안에 앉은 채로 마당으로 쏟아지는 햇빛을 멍하게 바라본다. 소슬한 바람이 불어온다. 바깥의 햇빛이 하도 찬란하여 꼭 빛이 불어오는 듯한 착각이 든다. 요즘 젊은 어미는 시시때때로 졸리고 몸이 무겁다. 그리고 마음이 자꾸 아득해진다. 배고픔 때문이라고 젊은 어미는 생각한다.

엄마야.

으응-.

안 가?

으응, 가자, 가자요.

계집아이가 어두운 부엌을 지나 빛 속으로 뛰어든다. 그것을 바라보며 일어서던 젊은 어미는 자신의 내부의 빛이 눈앞을 덮는 바람에 벽을 짚는다. 벽을 짚은 젊은 어미의 손이 따듯하다. 노동이 배겨 피가 잘 도는 일손이다. 손톱으로 벽을 긁던 손은 차가운 손이었다.

엄마야.

으응, 가자, 가자요.

방문이 닫히고, 부엌문이 닫히고, 이윽고 젊은 어미도 빛 속으로 사라진다.

서쪽 창으로 오후의 빛이 비쳐들기 전까지, 차고 푸른 하늘만이 유리창에 어려 있는 방은 사람들이 모두 떠나고 고요가 찾아오자 그들이 빠져나간 영혼의 무게만큼 밝아진다. 어느 임상 실험에서 밝혀졌듯 영혼의 무게는 21g이다. 따라서 그것은 21g의 어두움이다.

다섯 식구의 어두움이 빠져나간 방의 벽 중앙 높은 곳엔 두 개의 초상화가 나란히 걸려 있다. 얇은 금색 틀의 액자에 담긴 초상화는 무채색에 가까운 채색 세밀화로, 두 사람 모두 목깃을 끝까지 잠근 노동당 복을 입고 있다. 그리고 그것은 이미지임에도 불구하고 21g의 어두움을 지니고 있어, 점점 밝아지는 방의 높은 곳에서는 어두움이 영혼처럼 미소를 짓고 있다.

사람들은 첫 번째 초상화 옆에 두 번째 초상화가 나란히 걸리는 것을 자연스럽고 당연하게 받아들였다. 다만 두 번째 인물이 대중 앞에 모습을 드러내고 첫 연설을 했을 때, 그의 목소리가 아버지의 목소리와는 달리 개구리 울음 같은 것을 닮았다는 것을 알게 되었다. 그래도 두 초상을 나란히 놓고 보면 가파른 내륙형의 얼굴이 아닌 넓적한 대륙형 얼굴의 공통된 특징이 더욱 두드러져 보였다.

그리고 지난여름에 이르러는 대형으로 제작된 첫 번째 초상화가 검은 리무진에 세워져 광장을 천천히 가로질렀다. 자연재해에 가까운 거대한 감정의 물결이 온 나라를 휩쓸고 지나간 후엔 집집마다 걸린 첫 번째 초상화에도 슬픔이 아련하게 남게 되었다. 그러나 이어서 배고픔이 급습해오자 사람들은 단 한가지만을 생각하게 되었다. 일부 사람들만이 두 번째 초상화가 필요 이상으로 미소를 짓고 있다는 인상을 받았다.

침묵을 지키고 있던 방이 창밖의 하늘이 점점 열어짐에 따라, 빛과 그림자의 간섭 없이 환하게 밝아진다. 방문과 마주한 북쪽 벽 중앙에 걸린 초상화의 왼편 조금 더 높은 곳에는 스피커 형태의 벽붙이 라디오가 달려 있다. 좁쌀 같은 구멍들이 촘촘히 뚫려 있는 라디오 상자는 저녁의 일정한 시간이 되면 저절로 켜졌다가 할 말을 마친 후엔 저절로 꺼진다.

계집아이는 상자 속에 꾀꼬리 같은 여자가 들어 있다고 생각한다. 첫째사내아이는 언젠가 빈 방안에 드러누워 라디오 상자를 멍하니 바라보다가 문득 그것이 촉각을 곤두세운 채 숨죽이고 있는 도깨비 같다고 느낀다.

사람들은 으레 사물들이 완벽하게 멈춰져 있다고 믿는다. 하지만 첫째사내아이는 어두운 부엌의 방문 앞에 서서 빛이 환하게 스며있는 창호지에 구멍을 뚫어 방을 훔쳐 본 적이 있다. 아이는 옷장 틈에, 뒤주 밑에, 액자 뒤에, 스피커의 구멍 속에 숨을 죽이고 숨어있는 도깨비가 있다고 믿는다. 아무도 없는 한낮이나 모두 잠든 깊은 밤에 도깨비가 살금살금 걸어 나와 물건들을 조금씩 흩어 놓는다고 아이는 생각한다. 그것이 아니라면 아버지가 매일 아침 의자를 놓고 올라가 초상화 액자를 반듯하게 하기 위해 만지작거려야 할 이유가 없다. 또 어머니도 자신처럼 도깨비의 존재를 믿고 있다는 것을 알고 있다. 어머니가 쌀독에 채워져 있는 쌀 속에 손가락을 푹 꽂아서 자신만의 표시를 해 놓아 도깨비가 찾아왔었는지 확인하는 것을 종종 보았다. 그리고 언제부턴가 어머니가 빈 쌀독을 들여다보며 이놈의 도깨비 같은 세상,

이라고 한탄하는 것을 듣게 되자 첫째사내아이는 도깨비의 존재를 더욱 확신한다.

이 방에서 손톱으로 벽을 긁던 여자도 도깨비의 존재를 알고 있었다. 여자는 어느 순간 도깨비가 자신의 귓속으로 들어왔다는 것을 알게 되었고, 목을 매어서야만 쭉 빠진 혀 사이로 다시 빠져나가리라고 확신했다.

멀리서 정오를 알리는 확성기 소리가 울려 퍼진다. 이어서 행진군가가 희미하게 들려온다. 마을 안에 흩어져 있던 사람들이 각자 집으로 돌아갈 시간이다. 집단농장과 학교에서는 점심때가 되면 사람들을 돌려보내기 시작했다. 하지만 사람들은 집까지 갔다가 다시 돌아와야 하는 힘을 아끼기 위해 건물 뒤편 후미진 곳에 모여 앉아 배고픔을 씹는다.

이 집 부엌 안쪽 깊숙한 곳에 놓인 쌀독에는 장마당[1]에 불법으로 드나드는 이웃 아낙으로부터 꾸어온 통 강냉이가 절반쯤 채워져 있다. 그러나 젊은 어미는 식구들에게 하루에 두 끼, 라고 못을 박았다. 그러므로 방으로 돌아왔다가 다시 떠나는 것은 희미한 사이렌 소리뿐이다.

이윽고 유리창으로 햇빛이 비쳐들기 시작한다. 바닥에 빛 무늬가 그려진다. 창밖의 세상은 이제 완연한 가을빛이다. 맑고 건조

1) 경제난이 심해지면서 기존의 농민시장이 불법적 시장으로 변질된 1990년대의 북한 시장을 통칭하는 용어.

한 날들이 이어지고, 사람들의 검게 그을린 살갗 위로 청량한 바람이 지나간다. 그러나 사람들은 조금씩 깊어가는 햇빛 속에서 전엔 한 번도 느껴본 적 없는 두려움을 예감하고 있다.

손톱으로 벽을 긁던 여자는 이 방에 가을이 당도하는 것을 목격하지 못했다. 여자는 오사카의 가을에 대해 말해서는 안 되리라고는 꿈에도 생각하지 못했었다. 여자는 한겨울 부둣가를 떠나는 귀국선의 명단에 자신의 이름을 올린 아버지를 저주했다. 여자는 여름 내내 방 안을 돌며 미쳐 날뛰다가 목을 매기 직전 조용히 자기 자신으로 돌아가 있었다. 아무도 찾지 않는 장례식이 가을에 있었다.

낡은 창문의 귀퉁이가 흔들리기 전에는 바람이 지나가는 중이라는 것을 알 수 없다. 세상은 보이는 것과 보이지 않는 것이 명확하지 않다. 벽에 걸린 라디오 스피커에서 갑자기 잡음이 지지직 흘러나온다. 그러나 누군가의 조작 실수인 듯 곧 꺼진다. 첫째 사내아이가 있었다면 도깨비라고 했을 것이다. 낡은 창문의 귀퉁이가 다시 한 번 흔들린다.

끼이익 소리를 내며 부엌문이 열린다. 발자국 소리가 들리고 곧이어 그림자가 방문 창호지에 어린다.

영훈이 아지매.

쇳소리가 섞인 듯한 여자의 목소리가 나직하다.

있소?

그림자는 조금 더 가까이 다가와 문고리를 잡는다. 그러나 곧 다시 놓는다.

영훈이 아지매, 없소?

그림자는 창호의 문살 사이를 서성일 뿐 방문은 열리지 않는다. 이 무렵 사람들은 목소리만 듣고도 찾아온 이유를 금세 알아챘다.

없나.

방 안에 대꾸할 사람이 없다는 것을 알고 나서도 그림자는 생각에 잠긴 듯 그대로 서 있다. 잠시 후 그림자가 창호 문에서 사라진다. 기다렸다는 듯 쥐떼가 천장 위를 우르르 지나간다. 쥐떼들 역시 무언가를 찾아 헤매고 있다.

방 깊숙이 해가 들면서 자질구레한 잡동사니들에도 그림자가 드리워진다. 이 방의 부부는 둘 다 오래된 질서를 좋아하여 물건이 한 번 자리에 놓이면 옮길 생각이 전혀 없다. 붙박인 물건들이 급기야 방바닥을 뚫고 뿌리를 내렸다 해도 발견하지 못할 것이다. 다만 최근에 예외가 하나 있었는데, 첫째아이가 태어나기 전부터 북쪽 윗목 구석에 놓여있던 쌀독이 얼마 전 부엌 안쪽 깊숙한 곳으로 옮겨졌다. 그러므로 방 깊숙이 들이치는 빛은 자질구레한 물건들을 습관처럼 타 넘다가 북쪽 윗목에 이르러 누런 장판에 찍힌 둥그런 자국에 그림자를 흘려 넣는다.

북쪽 벽 중앙에 걸린 두 개의 초상화 아래에는 낮은 장식대 위에 앞뒤 폭이 깊은 작은 텔레비전이 한 대 놓여있다. 텔레비전은 이곳에 온 후 무채색의 거친 입자들이 석탄 알갱이처럼 쏟아지는 것 이상의 것이 나온 적이 없으나, 젊은 아비의 깊은 자부심이다. 그는 원래부터 말이 없고 고독한 사람이었다. 대학시절에 계절이 지나가는 것도 모르고 실험실에 틀어박혀 있을 때엔 그런 고립무원만이 삶을 견딜 수 있는 것으로 생각되었으나, 군대에 들어가자 의외로 무리에 섞여 육체를 견디는 일이 더 편안한 자신을 발견했다. 군대는 그의 고독을 보호해 주었으며, 그가 지휘를 맡은 부대는 늘 우수한 성적을 내었다. 전역할 때 그는 훈장과 함께 텔레비전을 하사받았다.

그리고 그는 함경북도 산간지방의 여자로 맞선이 들어오자 아무 망설임 없이 결혼을 결심했다. 결혼식을 올린 후 아내 역시 말이 별로 없는 사람이라는 것을 안 뒤엔, 이 방의 창문을 열어 멀리 산 능선이 펼쳐져 있는 고요하고 낯선 고장의 풍경을 바라보았다.

결혼 역시 그의 평온한 고독을 유지시켜 주었다. 다만 계집아이가 첫 걸음을 떼어 자신을 향해 다가왔을 때, 고독보다 한층 더 깊이 내려가는 감정이 있었다.

텔레비전의 검은 브라운관 속에 방이 비치고 있다. 15여 년 전 평양 출신의 말없는 사내와 함께 깊은 협곡의 산골마을로 온 텔레비전은 이 방 북쪽 벽면 중앙에 처음 놓인 이후로 한 번도 위치가 바뀐 적이 없다. 마을 사람들은 그의 출신지와 텔레비전에 대한 궁금증으로 처음에는 자주 이 집을 기웃거렸으나, 둘 다 반응이 별로 없자 곧 그저 그런 이웃이 되었다. 그는 전파가 잡히지 않는 것을 다행으로 여겼다.

텔레비전은 이곳에 온 이래로 지금까지 젊은 아비의 고독을 반영하듯 줄곧 내면을 끈 채 검은 유리면으로 방의 풍경을 바라보고만 있다. 아이들이 한없이 느리고 지루하게 자라는 것 외에 방의 풍경은 언제나 변함없다.

멀리서 양떼들의 울음소리가 희미하게 들려올 무렵, 방은 어느 틈엔가 완벽한 오후의 빛으로 가득 차게 된다. 이 빛은 끔찍하게 지루했던 하루를 용서하는 시간의 빛이다. 그리고 시간의 비밀을 지키기 위해 가족들이 돌아오면 곧 사라질 빛이다.

방 밖에서 갑자기 인기척이 들려온다. 브라운관의 검은 눈동자가 방문을 주시한다. 잠시 후 브라운관 속에서 방문이 열리고, 한 여자가 문틈으로 조심스럽게 몸을 빼낸다. 검은 눈동자는 검은 그림자를 의심 없이 담아내지만, 좀 전에 왔었던 여자라는 것을 방은 알아챈다. 여자의 시선은 곧장 쌀독이 놓여 있던 윗목 귀퉁이로 향한다. 그리고 잠시 생각에 잠긴다. 장판의 둥글게 패인 자국 위에 놓인 여자의 맨발에 빛이 부서진다.

지금 여자의 뱃속은 지난 밤 밤일을 치르고 두만강을 넘어간 남편으로 인해 텅 비어 있다. 태어나서 한 번도 이 골안 밖을 벗어나 본 적 없는 여자는 남편이 도대체 어디로 간다는 것인지 도무지 감을 잡을 수가 없다. 그렇지만 남편을 생각할 때마다 텅 빈 뱃속이 자꾸만 떨려온다.

여자의 맨발이 검은 브라운관 앞에 멈춰 선다. 여자는 브라운관 속에 우두커니 서 있는 검은 형체를 바라보다가 자신이 어디에 와 있는지 흠칫 깨닫는다. 잠시 후 방문이 닫히고 브라운관은 다시 볼록한 풍경만 남는다. 방 너머로 신을 질질 끄는 발자국 소리가 멀어진다.

여자가 문을 여는 순간 도깨비가 열린 문틈으로 빠져나가 여자의 뒤를 따라간다.

멀리서 울던 양떼가 창문 밑을 지나간다. 어디선가 사립문 닫히는 소리가 들린다. 산에 고여 있던 공기가 마을로 내려와 섞이고, 사람들이 일터에서 돌아오고 있다. 공장과 밭에서 할 일 없이 때우다 온 시간에 몹시 지친 발걸음이다.

방도 이제 사유를 멈추고 가족을 받아들일 준비를 한다.

벽붙이 라디오가 침묵에서 깨어나 높고 날카로운 전파 음을 내보내기 시작한다. 음역대의 층위가 다른 전파 음은 한동안 방의 공기를 옥죄다가, 좁쌀이 자글자글 끓는 듯한 잡음으로 바뀌더니 잠시 후 꾀꼬리 같은 목소리가 잔잔한 피아노 소품을 배경으로 흘러나온다.

청취자 여러분 안녕하십니까. 오늘은 1994년 9월 28일 수요일, 음력으로 팔월 스물셋째 날입니다. 지금부터 오늘 조선중앙방송을 시작하겠습니다. 오늘 여러분들이 보시게 될 방송순서를 추려서 알려드리겠습니다. 열일곱 시 팔 분에 보도가 있고, 열일곱 시 십팔 분 오늘호 중앙신문 개관, 열일곱 시 삼십육 분 아동방송 시간에 아동방송극 꽃비 다람쥐와 영웅 너구리를 방송합니다. 열일곱 시 사십육 분 시 철령 아래 사과바다 중에서 철령, 열일곱 시 오십일 분 제1국방위원장 김정일 동지께서 조선인민군 제572군부대 산하 1266호 농장에 건설한 버섯공장을 현지지도 하시었다. 열여덟 시 과학기술상식 최근년간 우리나라 기후변동 상태와 예견되는 기후 변화, 열여덟시 이십팔 분 련속기획 불구대천의 원쑤 미제를 단죄하는 력사의 고발장……

방송시간 안내가 끝나자 음악이 잔잔한 피아노곡에서 웅장한 행진곡으로 바뀌어 한동안 계속 흘러나온다.

방문이 열리고 둘째사내아이가 가방을 방 안으로 던진다. 사내아이는 방 한가운데에 벌러덩 드러눕는다. 무엇을 하며 돌아다녔는지 까까머리 끝이 쭈뼛하게 거칠어져 있다. 양팔을 벌리고 멍하게 천장을 바라보던 사내아이는 곧 잠이 든다.

방이 서서히 어둠에 잠긴다.

……위대한 령도자 김정일 동지께서 령천 발전소를 현지 지도하신 두 돌 기념회가 령천 발전소 팔랑 건설현장에서 진행되었습

니다. 보고회에서 보고자는 김정일 동지께서 1992년 7월 21일 비 내리는 장마철의 날씨에도 아랑곳하지 않으시고……

방이 어둠을 더듬어 잠든 둘째사내아이의 따스한 덩어리를 찾아낸다. 하루 종일 자신의 몸에서 뿜어져 나오는 열기를 주체하지 못해 잠시도 가만히 있지 못하는 아이지만, 잠이 들면 아이의 몸은 낮고 안정된 피조물의 온도를 되찾는다. 바닥으로 스며드는 아이의 미약한 체온 위로 어둠이 겹쳐지고, 창문 밖으로 거대한 어둠이 열리고 있다.

…령천 발전소 건설장에 찾아오시어 건설에서 걸린 문제들을 일일이 풀어주셨으며 그 후에도 여러 차례나 건설장을 찾으시어 발전소 건설을 하루 빨리 끝낼 수 있는 방향과 방도를 환히 밝혀주신 데 대해……

밖의 어둠을 뚫고 희미한 인적이 등불처럼 다가오더니 갑자기 앞마당이 소란해진다.

여기에. 그래, 그래.

어째 이러니.

엄마-.

래일 날 뜨면 몰아쳐 하잔데.

곧이어 목소리의 등불들이 부엌을 지나 방에 들어서고, 불씨를 옮기듯 방안이 갑자기 환하게 밝아진다. 흔들리는 노란 알전구 아래 미처 빠져나가지 못한 어둠이 그림자들이 되어 일렁인다.

방 한가운데선 둘째사내아이가 세상모르고 잠들어 있다.

이거 보라. 이 간나 새끼.

놀다 지쳐 잠든 사내아이의 얼굴은 평화롭기 그지없다. 그러나 젊은 부부는 둘째사내아이가 어둠 속에서 홀로 깊은 꿈을 향해 떠나던 순간을 알지 못한다. 아이들의 영혼은 어른들을 배반하며 자란다는 것을 알지 못한다.

간나 꼴을 보니 온종일 발에 불 튀도록 돌아다녔구나, 야.

엄마, 배고파-.

계집아이가 울먹인다.

젊은 아비는 둘째사내아이를 안아 아랫목에 옮겨놓는다.

젊은 어미가 저녁을 짓기 위해 부엌으로 나가고, 계집아이가 꼬리처럼 따라간 후, 텔레비전의 검은 브라운관 속에는 젊은 아비와 첫째사내아이만 남는다. 라디오 소리가 침묵을 채운다.

… 언급했습니다. 그는 모든 일꾼들과 건설자들이 위대한 대원수 김일성 수령님의 류훈을 받들고 경애하는 김정일 동지께서 지켜주신 창조의 불바람을 일으키며 령천 발전소 건설에서 새로운 비약의 폭풍을 일으킬 데 대해서…….

강냉이를 한 줌 넣고 죽을 끓이는 데는 그리 오랜 시간이 걸리지 않는다. 곧 방문이 열리고 젊은 어미가 가벼운 밥상을 바닥에 내려놓는다. 검은 브라운관 속 그림자들이 한 곳으로 모여든다.

하루에 두 번 밥상 앞에 둘러앉는 시간, 가족들은 하루 중 가장 지친 시간이 되어서야 비로소 말문이 조금 트인다.

영훈 아버지, 보소.

응?

낮에 누가 왔다 갔나 보오.

누가?

모르죠.

그럼 어찌 아니?

그냥 왠지 기분이…….

기분이 어째?

저기 철봉이넨 며칠 전에 닭을 도둑 맞았단데요. 뉘기 가져갈까봐 부엌에 두었단데….

…우리야 가져갈 게 뭐이 있다고…….

…요즘 다들 제 정신머리들이 아닌 것 같아요…….

젊은 어미가 시무룩하게 말한다.

엄마-.

어미가 말없이 계집아이를 본다.

엄마-.

대꾸가 없자 계집아이가 어미의 옷자락을 움켜쥐고 흔든다.

엄마, 엄마-.

순간 노란 알전구가 마른벼락처럼 타닥 튀더니 방이 한순간에 암흑 속에 잠긴다. 그와 동시에 라디오 상자도 돌연 입을 다문다. 방은 암전과 침묵의 짧고 완벽한 찰나를 들이마신다.

계집아이가 소리친다.

엄마-.

어미가 대답한다.

정전이야.

첫째사내아이가 생각한다.

도깨비다.

일요일을 떠나다

엄마가 떠나기 전 며칠 동안 많은 비가 내렸다. 창밖으로 불투명한 빗줄기가 국수처럼 쏟아졌다. 엄마는 강물이 불어날 것을 걱정했다. 엄마는 내게 아버지와 형, 영림이를 부탁한다고 했다. 하지만 가족 누구에게도 나를 부탁한다고 말하지 않았다. 엄마는 곧 돌아오겠다고 했다.

모두가 어딘가로 나가버린 일요일 오후, 나는 엄마가 앙상한 엉덩이를 움직이며 비의 그늘이 드리워진 텅 빈 방을 닦다가 문득 한 손에 걸레를 쥔 채 그대로 쪼그려 앉아 창밖을 바라보는 것을 보았다. 어느새 비가 그쳐 있었다. 엄마는 방바닥의 질감만으로도 하늘의 상태를 아는 듯 튀어나온 광대뼈에 노을을 묻히고 있었다. 내일 떠나야겠구나, 엄마가 말했다.

나로 말하자면, 엄마의 그림자만 보아도 나는 모든 것을 예감할 수 있다. 나의 의지로 천천히 흐르는 일요일 오후. 가족에 대한 염려 외엔 고통도 두려움도 없는 엄마가 밉다.

⌒

오후의 따분한 혁명사 시간, 목덜미에 근육이 붙은 아이들이 미동도 없이 졸고 있다가 자신의 이름이 호명되면 벌떡 일어나 알고 있던 단어의 배열을 맞춘 후 다시 자리에 앉는다. 나는 의자가 끌리는 소리, 종잇장이 넘어가는 소리, 혁명사 선생의 긴 막대가 커다란 도표를 넘기는 소리를 듣고 앉아 있다. 아니, 사실 나는 강물소리를 듣고 있다. 강물은 얼마나 불어나 있을까.

아이들이 일제히 대답한다.

"첫째 주체의 위대성, 둘째 사상의 위대성, 셋째 력사의 위대성."

선생이 긴 막대 끝으로 다시 도표를 넘긴다. 산그늘이 운동장 언저리에 내려와 있다.

나는 생각한다.

지금 이 순간 엄마의 눈앞에 흐르고 있는 강물은 교실 안의 정적처럼 고요하고 잔잔할 것이다. 원래 수심이 얕은 강물은 불어나 봤자 가슴께를 넘기지 못할 것이다. 지금쯤 엄마는 믿음직한 안내자와 함께 강가에 서서 해가 기울길 기다리고 있겠지. 이윽고 하늘에 차가운 빛이 어리면 두 사람은 소리 없이 앞으로 나아가며 서서히 물에 잠기어갈 것이다. 가슴까지 차오르는 강물은 부력이 되어 그들의 발걸음을 도울 것이고, 어쩌면 엄마는 종종 그렇듯 강의 한가운데서 문득 멈추어 설지도 모른다. 하던 일을 멈추고 생각에 잠길 때의 엄마의 얼굴은 영림이와 닮아있다.

수업이 끝나는 종이 울린다.

저녁이 가라앉는 강의 정적 속에서 엄마가 조용히 멈추어 선 채 우리들의 종소리에 귀를 기울이고 있다.

어릴 적에 형은 도깨비가 있다고 믿었다. 형은 내게 도깨비가 있는 장소를 가르쳐 주었다. 라디오 스피커 속, 쌀독 안, 장롱 밑, 도깨비는 가끔 벽을 훑고 지나가며 수령님의 액자를 건드려 놓는다고도 했다. 어린 시절 나는 형의 말을 믿었으나, 어른들은 형을 가리켜 심약하다고 했다. 엄마는 언제나 형을 걱정했다. 아버지는 말수가 없는 사람이었다.

엄마는 늘 도깨비 타령을 하는 형을 안심시키기 위해 밤이면 우리 둘 사이에 누워 착한 도깨비에 관한 옛날이야기를 해주곤 했다. 붉은 도깨비가 착하고 가난한 형을 도와주고 돈 많고 심술궂은 동생을 벌준다는 내용이었다. 셋이 나란히 누워있을 때면 나는 언제나 엄마의 고개가 누구에게 더 많이 향하는지에 관해 신경을 썼다.

"엄마, 이쪽 보고 얘기하라."

그러면 형은 사실 아무렇지도 않으면서 나를 따라 말했다.

"아니, 이쪽 보고 얘기하라."

엄마는 양 팔에 우리 둘의 머리를 올려놓곤 했는데, 나는 그것이 딱딱한 방바닥에 머리를 대고 있는 것보다 불편하고 불안했다. 머리가 흔들흔들 어지러운 밤, 어둠 속에서 들려오던 엄마의 목소리.

"옛날 옛날에……."

두 형제가 살았단다.

형의 이름은 방이.

동생은 이름이 없구나.

하루는 가난한 방이가 부자 동생에게 곡식 종자를 꾸러 왔단다. 동생은 심술이 났지.

그래서?

곡식 종자를 밤새도록 쪄서 주었지. 그리곤 이렇게 말했단다.

"형님, 내가 형님을 위해 제일 좋은 종자만 골라 싹이 잘 나도록 물에 불려 놓았답니다."

"고맙네, 아우."

방이는 찐 종자인지도 모르고 정성을 다해 농사를 지었지.

그래서 어떻게 되었어?

멍청이, 쪘는데 당연히 싹이 안 나지. 내가 말했다.

그런데 어느 날 놀랍게도 싹이 하나 나서 계속 자라는 거야.

정말?

방이 키를 넘길 만큼 쑥쑥 자랐지. 방이는 신통하게 여기면서 열심히 돌보았단다.

낟알 몇 개일 뿐인데? 내가 말했다.

바보야, 신기한 일이니까 그렇지. 형이 말했다.

하루는 노란 새 한 마리가 날아와 그것을 먹어버렸단다.

방이는 통곡을 하며 울었어. 그러자 새가 말했지.

“방이야, 방이야, 착한 방이야. 내가 몹시 배가 고파 그랬구나. 미안하구나. 나를 따라 오너라. 좋은 수가 생길 거야.”

그래서 방이는 새를 쫓아 깊은 산속으로 들어갔는데, 밤이 되자 바위틈에서 붉은 옷을 입은 애 도깨비들이 나오더니 금 나와라 뚝딱 하면 금이 나오고, 은 나와라 뚝딱 하면 은이 나오고.

그랬는데?

어른 도깨비들이었다면 방망이를 챙겨 갔을 텐데, 너희들처럼 천방지축 애 도깨비들이구나.

방이가 가져갔어?

큰 부자가 되었지.

동생은 어떻게 되었어? 형이 물었다.

동생은 형의 이야기를 듣고는 산에 들어갔다가 붉은 애 도깨비들에게 잡혀서, 방망이를 훔쳐간 방이 대신 코가 길게 뽑혀 돌아왔단다. 그리고 자신의 긴 코가 너무 부끄럽고 수치스러워 앓다가 죽었단다.

동생은 이름이 뭐야? 내가 물었다.

동생은 이름이 없단다.

어둡고 무서운 밤.

나는 형 쪽으로 고개를 향한 채 잠들어 있는 엄마의 얼굴을 내게로 돌려놓는다.

주말에 집으로 돌아온 형이 엄마의 자취를 물었다.

"중국에."

내 목소리에 내가 놀랐다. 엄마는 우리를 공범으로 만들었다.

"중국?"

형이 되물었다.

나는 형의 얼굴을 바라보았다. 나는 어쩌면 필요 이상으로 겁을 먹고 있는 건지도 모른다.

"거기에 아버지 쪽으로 친척이 있대."

엄마는 아버지가 적어준 주소를 옷자락 깊숙이 넣고서 떠났다. 엄마는 아버지를 거역하는 법이 없었다. 돈이 필요한 건 몇 년 전 음악대학에 들어간 형 때문이었다. 형은 어떤 피아노 곡이든 한 번만 듣고도 그대로 쳐내어 음악교사의 추천으로 평양으로 불려갔다. 형이 음악대학에 입학하자 엄마는 가장 좋은 술을 들고 읍내의 도당비서를 찾아갔다. 그리고 다음 날 아버지와 함께 트럭을 빌려 타고 가서 낡은 피아노 한 대를 싣고 와 마당 창고에 들여놓았다.

형은 진학은 그런 식으로 가장 좋은 술과 같은 것들을 종종 필요로 했다. 예전에 우리 가족은 고난의 행군도 아무런 도움 없이 견디어 냈으나 형의 학교에서 필요한 것들은 무언가를 견딘다고 해결되는 게 아니었다.

"너 떼레비 봤어?"

형이 물었다.

“무얼?”

“남조선 대통령이 조선을 방문해서 김정일 장군님하고 악수하던 장면 말이야.”

“그걸 누가 안 보나? 온 조선 인민이 다 봤는데.”

“…….”

“온 세계 사람들이 김정일 장군님 만나보고 싶어 하는데, 남조선도 그렇겠지.”

“…….”

형은 질문만 해놓곤 이렇다 할 대꾸가 없었다.

“근데 그게 왜?” 내가 물었다.

그러자 형은 씩 하고 웃음을 지었다. 형은 웃을 때 특히 더 계집애 같다. 나는 형이 형답다고 느낀 적이 한 번도 없었다.

형이 속삭이듯 말했다.

“이제 우리도 자유주의를 좀 하게 될까?”

“그게 무슨 소리야?”

“외국 걸 좀 허용할 건가 말이지.”

형은 나를 내려다보며 말했다. 형의 키가 부쩍 자라 있었다. 나는 형이 요새 무슨 생각을 하는지 궁금했다. 나는 물었다.

“형 너 사대주의 하나?”

나의 말에 형의 눈빛이 미풍이 스친 촛불처럼 잠깐 어두워졌다. 형의 눈동자에 내 모습이 비치고 있었다. 하지만 나를 가만히 바라보던 형의 얼굴에 어느 순간 환한 웃음이 소리 없이 퍼졌다.

형이 물었다.

"아버지는?"

"어딜 간단 말도 없이 나갔어."

"영림이는?"

"고년 있잖아. 소채를 팔아보겠다고 터밭에 있는 것들을 책 보따리에 쑤셔 넣고 장마당에 나가지 않았니?"

형은 엄마에 관해선 더 이상 묻지 않았다. 형은 짐 가방을 들고 방을 나서다 문득 생각난 듯 멈칫 뒤돌아서서 내게 물었다.

"참, 군 입대 준비는 잘 되고 있어?"

옛날 옛날에 방이라는 형이 살았단다.

심술궂은 동생은 이름도 없구나.

밤새도록 땀을 흘리며 곡식 종자를 찌는 밤.

언제나 잠에서 깨면 온 몸이 젖어있다.

눈을 뜨자 하늘이 잔뜩 흐려 있었다. 주위가 어두워 저녁이라고 잠시 착각했으나 밖에서 형의 피아노 소리가 들려와 일요일 오전이라는 것을 환기시켜 주었다.

나는 덮고 있던 이불을 둘둘 말아 모로 웅크리고 누웠다. 벽에 걸린 시계가 아홉시를 가리키고 있었다. 군사행진 훈련에 늦지 않으려면 지금 일어나야 했으나 꼼짝도 하기 싫었다. 이 지역 인근의 학교들에서 우등생을 뽑아 구성된 행진단에서 내가 맡은 분조는 언제나 성적이 좋았다. 교관들은 분조장인 나를 칭찬

했다. 하지만 내겐 그리 어려운 일이 아니었다. 나는 우리 분조를 한 사람으로 여겼고, 훈련을 이끌 때면 그 한 사람과 대상했다.

이제 곧 장마가 지면 훈련이 중단될 것이다. 행사는 8월에 있었다. 그걸 생각하면 새벽에라도 아이들을 불러내고 싶은 심정이지만, 오늘은 꼼짝도 하기 싫었다.

나는 며칠 전의 일을 떠올렸다.

담임교사의 호출로 교무실을 찾아갔을 때, 그의 책상 위에는 나의 군 입대 원서가 놓여 있었다. 담임은 맞은 편 의자를 가리키며 앉으라고 했다. 그는 내게 군 제대 후 입당을 원하는 것이라면 뜻대로 되지 않을 것 같다고 말했다. 그러면서 성적이 좋으니 차라리 교원이 되는 게 어떠냐고 물었다. 그는 좋은 선생 축에 속했고, 내게 입당이 어려운 이유를 말해 주었다. 문제는 아버지 쪽의 토대였다. 담임은 나의 아버지의 아버지가 남조선 출신이라고 했다. 나의 아버지가 대학 연구원에서 농장 노동자로 내려진 이유가 서류에 써 있다고 했다. 나로선 전혀 몰랐던 사실이었다. 나는 그에게 입당은 나중 일이더라도 입대는 할 수 있지 않느냐고 물었다. 그는 안경 너머로 나를 쳐다보면서 "그야 그렇지비" 라고 대답했다.

창밖으로 폭우가 쏟아지기 시작했다. 거센 빗소리 사이로 형의 피아노 소리가 희미하게 들려왔다. 나는 오늘 훈련에 빠지기로 결심했다. 내 뜻대로.

장마가 시작되었다. 하지만 훈련이 중단될 것이라는 나의 예상은 빗나갔다. 아니, 좀 더 정확히 말하자면 전 훈련이 중단된 텅빈 대운동장에 우리 군사행진단 만이 빗속에 남겨지게 되었다. 우리는 선군정치의 위대성이 표현되어야 한다는 감독관의 요구를 만족시키지 못했다. 하지만 텔레비전에서 본 중국이나 소련의 군사행진에 비하면 우리는 키가 너무 작았다. 사람들은 우리를 고난의 행군 세대라고 불렀다. 우리 탓이 아니었다.

대운동장까지 오는 동안 우산이 서너 번 뒤집혔다. 우산이 뒤집혀 거센 빗줄기가 얼굴을 때릴 때마다 나는 엄마를 생각했다. 엄마는 여태껏 아무런 소식도 보내오지 않았다. 비의 장막이 온 세상을 차단하고 있는 것 같았다.

아버지는 엄마에 대해 아무 말이 없었다. 나도 엄마의 이야기를 꺼내지 않았다. 나는 아버지에게 우리 집안의 토대에 대해서도 묻지 않았다. 영림이만이 집안을 돌아다니며 엄마 흉내를 내고 있었다. 아버지는 영림이를 보면 미소를 지었다.

불투명한 빗줄기 사이로 대형 운동장의 형체가 시야에 들어왔다. 노출된 콘크리트 벽에 벽화만 그려져 있는 황량한 운동장 건물은 맑은 날에도 늘 젖어있는 듯한 느낌이었으나, 폭우 속에선 오히려 조금도 젖지 않은 듯 건재해 보였다. 버드나무가 늘어선 입구 쪽으로 몇몇의 아이들이 뛰어가고 있었다. 나도 우산을 접고 뛰기 시작했다.

그동안 분조별로 진행되었던 훈련이 오늘부터는 전체적으로 진행되었다. 선두에 속하게 될 것이라는 내 예상은 이번에도 빗나가 우리 분조의 위치는 스물세 번째 열부터였다. 전체적으로 보자면 행렬의 중간쯤이었다.

훈련은 한마디로 엉망진창이었다. 무엇보다 발밑이 진창이었다. 감독관은 우리가 진흙 반죽 속에서 군화를 빼내고 있다는 사실을 모르는 듯했다. 감독관은 우리가 한 사람처럼 동작되지 않는다고 화를 냈지만, 빗속에서 우리는 각자가 지닌 표정이 그대로 드러나 있었다. 오랫동안 비를 맞고 서 있는 것은 생각보다 훨씬 힘들었다. 비에 젖은 군복은 늘어진 시체를 짊어진 것처럼 무거웠고, 불어난 살갗에 옷감이 쓸릴 때마다 차갑고 쓰렸다. 거수를 올려붙인 얼굴을 하늘로 쳐들고서 무수히 쏟아지는 화살 같은 것들을 맞고 있다가 다시 차려 자세로 돌아와 전방을 바라보면 굵지도 가늘지도 않은 비가 일정한 속도로 끈질기게 내리고 있었다.

우리는 일제히 오른쪽으로 고개를 돌리며 외쳤다.

"만-세-, 만-세-, 만-세-, 만-세-."

나는 텔레비전에서 항상 보아왔던 장면을 떠올렸다. 드넓은 김일성광장에서 장갑차를 앞세우고 펼쳐지는 대규모 군사행진. 총처럼 다리를 쳐들면서 오른쪽으로 고개를 돌리면 이 모든 것을 이루어낸 김정일 장군이 발코니에 서서 아래를 향해 손을 흔들고 있다.

우리는 다시 목청을 높여 외쳤다.

"만-세-, 만-세-, 만-세-, 만-세-."

오후가 되자 낙오자가 생겼다. 앞쪽에 있던 녀석 하나가 대열에서 이탈하여 발을 절뚝이며 감독관이 있는 쪽으로 다가갔다. 우리는 그들을 지나쳐갔다. 운동장을 한 바퀴 돌아 다시 감독관에게로 가까워지자 또 한 녀석이 비틀거리며 대열에서 이탈했다. 하지만 그 녀석은 자신의 고통에 자신이 없는 듯 감독관에게 다가가지 못하고 머뭇거렸다. 감독관이 행진을 중단시켰다. 우리는 기다렸다는 듯이 곧 멈추어 섰다. 감독관이 쉿물 같은 목소리로 잠시 휴식한다고 외치자 우리는 관람석 아래의 처마 밑으로 금세 흩어졌다.

아이들은 바닥에 앉자마자 상의를 벗거나 군화 끈을 풀었다. 나는 벽에 기대어 앉아 넓은 진흙 뻘 속으로 빨려 들어가는 거대한 빗줄기를 바라보았다. 준철이가 내 옆에 와 앉았다.

"이거 우리를 죽이자는 거구나, 야."

준철이의 뺨이 움푹 패어 있었다.

"야, 엄살 부리지 말라. 이 정도 각오 없이 무얼 하겠니?"

그러자 준철이는 내 어깨를 장난스레 쳤다.

"독립투사가 따로 없네, 응?"

어느새 처마 밑의 낭하가 시끌벅적해져 있었다.

준철이가 물었다.

"너 군 입대 원서 낸 건 어떻게 됐나?"

"아… 그거, 얼마 전에……."

나는 담임과의 면담을 이야기 하려다가 나도 모르게 멈칫 준철이의 얼굴을 바라보았다. 늘상 실실거리고 다니는 준철이는 순한 녀석이었다. 하지만 나의 뿌리에 대해 혀의 뿌리가 본능적으로 반응하고 있었다.

"자식아, 내가 안 되면 누가 되겠니?"

그리고 나는 얼른 말을 돌렸다.

"넌 왜 농장에 간다 했니? 공대에 가고 싶다 했잖아."

준철이 대답했다.

"담임이 성적이 안 되갔대. 어림없다는구나."

그리고는 씩 웃으며 덧붙였다.

"사실 공대에 가고프단 것도 그냥 해본 소리란다."

나는 혀를 차며 웃었다.

잠시 후 호각소리가 운동장에 울려 퍼졌다. 멀리 감독관이 운동장 한가운데서 비를 맞으며 서 있었다. 나는 문득 이 모든 일들이 그저 지루한 나날들일 뿐이라는 생각이 들었다.

⌒

문득 귀를 기울이면 세상은 언제나 일요일.

세상의 모든 일요일마다 형이 피아노를 치고 있다.

한 달 만에 형이 집으로 돌아왔다. 언제나 그렇듯 토요일 늦은 밤에 빨랫감을 잔뜩 안고서.

영림이가 형의 가방을 받아 지퍼를 열고 안에 들어있는 것들을 하나씩 꺼냈다. 구깃구깃한 셔츠, 둘둘 말아놓은 바지, 여러 장의 수건들, 뭉쳐놓은 속옷 등이 방바닥으로 떨어졌다. 홀아바이 냄새라며 영림이가 코를 잡았다.

나는 형에게 한 달 동안 집에 돌아오지 못한 이유를 물었다.

"공연이 있었어."

형이 짧게 대답했다.

"무슨 공연?"

그러자 형이 되물었다.

"넌 그동안 군사행진 훈련을 뭣 때문에 했니?"

"그야 광복절……."

"네 광복절과 내 광복절이 아니 같겠니?"

형의 대꾸는 다소 퉁명스러웠다.

"거기서 오빠는 뭐했나?"

영림이가 물었다.

"피아노 독주."

그리고 형은 이렇게 덧붙였다.

"우리 학년에서 내가 제일 잘 치니까."

그리고 다시 덧붙였다.

"기술적으로."

영림이는 꾸밈없는 표정으로 고개를 끄덕였다. 영림이는 형이 가져온 짐을 다 정리해 주기로 작정한 모양으로 다른 가방의 지퍼를 열었다.

형이 물었다.

"넌?"

나는 행사를 일주일 앞두고 온성중학교 아이들과 싸움이 붙어 명단에서 제외되고 근신처분을 당한 이야기를 하고 싶진 않았다. 그때 담임은 입술이 터지고 살갗이 부풀어 오른 내 얼굴을 곤혹스러운 눈길로 바라보더니 나의 군 입대 원서를 넣었다고 말했다. 그리고는 당원이 되는 것에 물건을 쓰는 방법도 있다는 말을 덧붙였다. 물건이라뇨? 뇌물 말야. 담임은 그 낱말을 아무렇지도 않게 말했다.

나는 형에게 "더러운 미제를 박살낼 만큼 근사했지" 라고 말했다.

영림이가 가방에서 고개를 쳐들더니 말했다.

"거짓말이야, 큰오빠. 작은오빠 있잖아. 다른 학교랑 패싸움해서 행사단에서도 쫓겨나고, 학교에서도 근신처분 당했단다."

나는 방바닥에 널브러진 옷가지를 영림이를 향해 찼다.

내 얼굴을 훑던 형은 문득 재미있는 사실을 발견했다는 듯 말했다.

"너는 3악장 느낌이야."

어둠이 내린 저녁의 강 한가운데서 조용히 멈추어선 채 우리들의 모든 소리에 귀를 기울이고 있던 엄마가 이윽고 시간이 다 됐다는 듯 다시 앞을 향해 천천히 나아가기 시작한다. 단 한 번의 뒤돌아봄도 없이, 아무런 망설임도 없이 낯선 남자의 손을 잡고 강을 건너고 있는 엄마의 뒷모습이 어둡고 외롭다.

8월 광복절이 지나면 10월엔 로동당 창건일이 있었다. 나는 로동당 창건일 행사에서도 제외되었다. 나와 함께 근신처분을 받았던 다른 녀석들은 모두 행사에 포함되었다. 남학교에서 주먹다툼은 흔한 일이었다. 나는 토대, 라는 낱말을 떠올리지 않을 수 없었다. 하지만 그것은 나의 잘못이 아니었다. 아버지의 아버지의 잘못이었다. 아니, 우리 모두 잘못이 없었다. 그러나 당의 잘못이라고 말할 순 없었다.

어찌 되었건 나에겐 하루 종일 지겹도록 뒹굴거릴 수 있는 일요일이 주어졌다. 뜨겁고 높은 하늘에 가을을 재촉하는 매미소리가 하루 종일 찢어질듯 울려 퍼졌다.

형은 오전부터 창고에 틀어박혀 피아노를 치고 있었다. 창고의 나무 문이 한 뼘 쯤 열려 있었으나 문틈 안으로 깊숙이 찔려져 있는 햇빛은 오히려 누구의 침입도 허락하지 않는 듯 느껴졌다. 바람이 불때마다 창고 문이 끼익 끼익 소리를 냈다.

언제 일어나 빨래터에 다녀왔는지 마당을 가로지르는 빨래 줄에는 영림이가 널어놓고 나간 형의 옷가지들이 바람에 아래위로 흔들렸다. 나는 끊임없이 들려오는 피아노 소리와 무료한 시간과 늦더위에 지쳐 웃통을 벗은 채 늙은이처럼 툇마루에 멍하니 앉아 있었다. 한참 앉아있다 보니 나는 형의 연주회의 단 한 명의 청중이 되어 있었다. 문득 나는 예전에 언젠가 지금과 똑같은 순간 속에 있었던 것 같다는 생각이 들었다.

흰 건반 같던 문틈의 빛이 넓어지더니 안에서 형이 걸어 나왔다. 형은 나를 보고도 한동안 내가 누구인지 모르는 듯 눈자위가 안으로 쑥 들어가 있었다. 형은 빨래 사이를 지나 내 옆에 와 앉았다. 온종일 피아노 소리에 휩싸여 있었던 형의 몸 주위엔 건드릴 수 없는 정적이 흘렀다.

나는 어쩐지 형의 손을 잡아주고 싶다는 생각이 들었다. 어릴 때 잠에서 깨어 우리 둘 사이의 엄마의 자리가 텅 빈 것을 깨달으면 어둠이 무서웠던 나는 형에게 손을 뻗곤 했다. 그때 어둠을 더듬어 잡은 형의 손은 가늘고 따듯했다. 아주 가끔은 그것을 잡아주고 싶을 때가 있었다.

엄마, 방이는 착한데 어째서 도깨비방망이를 훔쳤을까.

나는 묻는다.

바보야, 그것도 모르니? 신기하니까 그렇지.

형이 대답한다.

보물이 나와서가 아니고?

나는 다시 묻는다.

아니야. 방이는 도깨비방망이가 신기해서 그랬어. 어쩌면 밤새도록 도깨비들이랑 놀았는지도 몰라.

형은 늘 도깨비 타령.

엄마, 방이는 이상한 형이야. 쭉정이 이삭을 돌보고 도깨비하고 노는 머리가 돈 형이야.

"들어 봐. 이건 라흐마니노프야."

"라후……."

"라흐마니노프."

"라후……노프? 쏘련놈이구나?"

"아니."

형이 속삭인다.

"미제놈."

"근데 이름이……."

"쏘련계 미국인이야. 내가 제일 좋아하는 작곡가."

"미제놈을 어떻게……."

"당은 음악을 잘 몰라. 우리는 다른 건 다 숨겨도 라흐마니노프는 마음 놓고 가지고 다녀. 쏘련 사람인 줄 알거든."

형이 건반 위에 손을 얹는다.

"자, 들어 봐."

형이 연주를 시작한다. 무방비로 앉아 있던 나는 처음부터 빠르고 강하게 내리치는 소리에 놀란다. 형의 몸짓이 마치 광증에 사로잡힌 사람 같다. 쏘련계 미국인. 세상이 무너지는 듯한 이 소리가 이 사람의 토대일까. 나는 그의 아버지의 아버지에 대해 생각한다.

"어때?"

형이 묻는다.

"모르겠어."

나는 대답한다.

"나는 형이 도깨비 음악을 하고 있는 것 같아."

형이 씩 웃는다.

"이번엔 베토벤. 피아노 소나타 27번 문 라이트. 세계적으로 유명한 곡이야."

"너희 완전히 사대주의 하고 있구나?"

"평양에선 괜찮아."

그리고 덧붙인다.

"베토벤까지는."

"평양은 다르다더니 그런 것도 다르구나."

나는 말한다.

형이 건반 위로 손을 올려 첫 음을 누른다. 그리고 한 음, 한 음 차례로 이어진다. 조용히 달빛 위를 걸어가는 손가락의 발자국들. 비로소 나는 내가 알던 예전의 형을 느낀다. 달빛의 완벽함을 깨지 않으려는 듯 섬세하게 건반을 누르던 형의 손이 이윽고 자연스럽게 멈춘다. 형이 마지막 건반을 누른 채 조용히 숨을 내쉰다.

내가 무언가를 말하려 할 때 형이 가만히 숨을 들이마신다. 그리고는 두 손을 건반 위로 다시 올리고는 내게로 고개를 돌리며 말한다.

"3악장. 이건 너를 위한 연주야."

나는 형의 연주를 들으며, 내가 오래 전부터 형을 향해 질투와 증오를 품어왔음을 형이 다 알고 있었다는 것을 깨닫는다.

⌒

영림이가 집으로 돌아오지 않은 지 이틀이 지나고서야 나는 그날 장마당에 나가는 영림이의 차림이 평소보다 유난스러웠다는 사실이 떠올랐다. 영림이는 자신이 가장 아끼던 털모자가 달린 외투를 꺼내 입고, 종아리까지 올라오는 장화를 신고, 무언가를 가득 넣어 어깨 위로 솟아 있는 등짐을 메고 있었다. 채소가 없는 계절이라 팔 만한 것이 마땅하지 않았던 것을 알고 있었던 나는 계집애가 또 뭔가 머리를 굴렸나보다, 라고만 생각했었다.

빨갛게 튼 볼을 하고 마당에 서 있는 그 애의 차림새를 보고 나는 "여기서 굴리면 장마당까지 굴러가겠구나" 라며 놀렸다. 영림이는 싸리문을 나서면서 시래기국을 끓여놓았으니 잘 챙겨 먹으라고 말했다. 늦게 들어 오냐고 묻는 말에 그 애는 "해가 짧아 밤길이 무섭다"고 했다.

오후에 형이 짐을 꾸려 평양으로 떠난 뒤, 아버지와 나는 영림이가 끓여놓은 시래기국으로 조금 일찍 저녁을 먹었다. 그날 밤 정전이 한 차례 지나갔고, 그 애는 돌아오지 않았다. 아버지와 나는 다시 들어온 전력을 소모하며 새벽이 될 때까지 영림이를 기다렸다.

다음 날이 되어 장마당을 찾아갔을 때 영림이 옆자리의 아주머니는 그 애가 어제 나오지 않았다는 사실을 말해 주었다. 아주머니는 못된 날씨에도 악착같이 나오는 아이가 나오지 않아 아픈 줄 알았다고 했다. 아버지와 나는 그날 하루 종일 영림이를 찾아다녔으나 아무도 그 애를 본 사람이 없었다.

이틀째에 이르러서 나는 영림이가 제 발로 집을 떠난 것이라는 사실을 깨달았다. 종아리까지 오는 긴 장화를 신고서. 나는 직감적으로 그 애가 강을 건넜다는 생각이 들었다. 그 애는 어릴 때부터 엄마의 뒤꽁무니를 졸졸 따라다니는 아이였다. 나는 옷을 곰처럼 잔뜩 껴입은 채 얼어붙은 강을 조심조심 건너고 있는 영림이의 모습을 떠올렸다.

눈을 감으면 겨울해가 부서지는 강의 풍경이 환하게 떠올랐다.

그해 겨울, 형이 장학생으로 소련으로 보내진 뒤 아버지와 둘만 남겨진 집에서 나는 자꾸 눈이 감겼다.

밤의 태양절

강에 도착하고 보니 사방이 너무 환한 대낮이었다. 눈보라 치는 날들이 지나고, 날이 풀린 지 사흘 째 되는 날이었다. 강 표면에 쌓여있던 눈이 그새 녹아 얼음판이 햇빛에 드러나 있었다. 강 건너편의 일렬로 늘어선 나무들이 바람이 불때마다 가지 끝에 얹힌 눈덩이들을 조금씩 털어냈다. 눈 덮인 우듬지 위로 가늘고 검은 잔가지들이 얼핏얼핏 보이자 강 건너편 기슭이 조금 더 가깝게 느껴졌다. 하지만 지금껏 언제라도 강 건너편이 멀게 느껴졌던 적은 없었다. 다만 엄마가 강을 건너간 후로 강기슭에 서 있을 때면 하늘만은 너무나도 크고 넓어서 가슴이 철렁 내려앉는 듯했다.

오늘은 볕이 따사로운 날이었다. 눈이 녹으면서 눈 표면이 모래처럼 빛났다. 무거운 배낭과 두꺼운 장화 때문에 등에 축축하게 땀이 배었다. 안쪽에 털을 덧댄 붉은색 장화는 계절에 한번 꺼내어 신을까 말까 하는 아끼는 것이었으나, 그래서 오히려 문득 신고 가고 싶은 마음이 들었다. 장화는 신발장 안에서도 비닐론 보자기에 덮여 있었다. 손을 뻗자 보자기가 발밑으로 스르르 미끄러졌다.

사람들이 다니지 않는 좁은 산길을 따라 걷는 것은 생각보다 무척 힘들었다. 장화 끝이 눈 속에서 돌부리에 자꾸 채였다. 그래서 '장화를 돌려보내신 김정일 장군님' 이야기만 계속 생각하며 걸었다. 위대한 령도자 김정일 장군님께서는 어린 시절 새 장화를 신고 동무들에게 달려가다가 동무들이 신고 있는 젖은 운동화를 보고는 집으로 돌아가 젖은 운동화로 바꿔 신고 나오셨다고 했다. 백두산 아래의 초가집 옆에서 새 장화를 벗고 있는 어린 김정일 장군님이 그려져 있는 액자를 학교 복도를 지나다니며 여러 번 보고 또 보았다.

동무들아 안녕, 영애야 안녕. 강을 건너가서 그 나라의 새 장화를 사게 되면 이 장화를 영애 너에게 줄게. 그러면 너도 내게 뭔가 줘야 해.

장화의 코끝을 보며 걸었다. 붉은 장화 위에 녹은 눈이 방울져 있었다. 두꺼운 고무로 된 장화의 밑창이 생각보다 많이 미끄러워 걷는 게 더뎠다. 그럴 땐 발밑을 보는 것보다 앞을 바라보는 게 나았다. 앞을 바라보며 걸었다. 그리고 지루한 일을 할 때 늘 그러듯 어느 한 구절을 반복해서 읊었다. 오른발에 장화를 돌려보내신, 왼발에 김정일 장군님. 오른발에 장화를 돌려보내신, 왼발에 김정일 장군님. 오른발에 장화를 돌려보내신, 왼발에 김정일 장군님. 장화를 돌려보내신, 김정일 장군님. 장화를 돌려보내

신, 김정일 장군님. 장화를 돌려보내신, 김정일 장군님. 장화를 돌려보내신, 김정일 장군님.

⌒

봄의 혀가 얼음을 천천히 녹이고 녹여 강이 다시 흐르기 시작했다. 점점 투명해지는 얼음장 밑으로 물소리가 들렸다. 강기슭에 얼어붙은 채 고여 있던 낙엽과 잔가지들이 흐물흐물하게 녹으면서 반짝이는 물비늘과 함께 흘러갔다.

새벽마다 안개가 점점 더 짙어졌다. 가끔 새벽낚시를 하는 나룻배가 아무것도 보이지 않는 새벽어둠의 안개 속에서 노란 호롱불빛을 퍼트렸다. 그것은 어둠 속에서 눈을 뜬 동물의 인광처럼 보이기도 했다. 어떨 때 강 안개는 희미한 비린내를 품고 마을 어귀까지 올라왔다.

그가 슬프고 놀란 얼굴을 하고 눈을 떴다. 그는 어떤 꿈을 꾼 듯 했다. 창밖은 완연한 봄이었다. 창 너머로 배나무 가지마다 배꽃들이 활짝 피어 바람에 휩쓸리고 있었다. 방안으로 햇빛이 쏟아져 들어왔다. 하지만 방바닥은 온기 없이 차고 냉랭했다. 그는 자리에서 일어나 등을 구부정하게 구부리고는 한참 동안 그대로 앉아 있었는데, 지금 자신이 어떤 표정을 짓고 있는지 모르는 듯 했다.

방문 밖에서 마루가 삐걱거리는 소리에 이어, 뒷창을 여는 소리가 들려왔다. 해마다 여름이면 기세 좋게 일어선 푸른 옥수수 잎들이 빗소리와 흡사한 소리를 내며 유리를 두드리곤 하던 창이었다. 하지만 두 사람만 남은 집에서 그도, 영호도 봄이면 뒤뜰에 옥수수가 심겨야 한다는 생각 따윈 하지 못했다.

영호가 돌아온 걸 보니 점심때가 다 되어가는 것 같았다. 지난 겨울에 학교를 졸업한 영호는 군 입대를 기다리고 있었다. 영호는 영장이 도착했는지 알아보기 위해 사나흘에 한 번 꼴로 학교에 다녀오는 것 외엔 하루 종일 잠만 잤다. 영호는 자꾸만 잠이 참을 수 없이 쏟아진다고 말했는데, 이해할 수 없는 잠의 습격에 영호 자신조차 놀란 듯한 얼굴을 하고 있었다.

멀리서 정오를 알리는 확성기 소리가 울려 퍼지자 그는 정신을 차리듯 고개를 들었다. 긴 사이렌 소리에 이어 요즘 새롭게 바뀐 체조음악이 경쾌하게 들려왔다. 그것은 아침, 점심, 저녁으로 매 때마다 들려왔는데, 특히 점심에는 식사시간을 사이에 두고 두 번 내보냈다. 농장 사람들은 언제나 그렇듯 별 군말이 없었으나, 점심을 먹은 후엔 되도록 몸을 사렸다. 그는 일주일 째 농장에 나가지 않고 있었다.

영호가 방문을 열고 들어왔다. 한 손엔 생선이 담긴 접시가, 다른 손엔 종잇장이 쥐어져 있었다. 영호는 화가 난 얼굴을 하고 있었다.

"아버지, 이거."

영호가 그에게 종잇장을 내밀었다. 그리고 그가 내용을 채 확인도 하기 전에 빠르게 내뱉었다.

"엄마 사망신고확인서. 이제 됐죠?"

그는 영호에게 종이를 받아들었다. 햇빛에 투명해진 얇은 종잇장 위로 그의 구부정한 어깨가 그림자를 만들었다.

"앉으라."

그가 말했다.

영호는 생선이 담긴 접시를 그 앞에 놓으며 털썩 앉았다.

"강에도 갔댔어요."

그러나 그는 생선 접시에는 눈길 한 번 주지 않았다. 그가 말했다.

"너도 알겠지. 네가 리해해야 해."

그는 여기까지 말하고 영호를 바라보았다. 영호는 아무런 대꾸도 하지 않았다.

"이렇게라도 하지 않으면 형에게 큰 곤란이 닥쳐. 너도 알겠지. 우리 같은 기야 더 내려먹을 데도 없지만 형은 다르다. 우리 집안 일을 형의 학교에서 알게 되면……. 내가 가진 머리로는 이 방법밖에 없었다. 하지만 너도 알겠지. 이건 그냥 종이 쪼가리일 뿐이야."

영호는 여전히 아무 말이 없었다.

"위의 세상은 네가 생각하는 것보다……."

"아버지."

영호가 그의 말을 잘랐다.

영호가 말했다.

"아버지는 내가 입대 영장이 나오기를 기다린 게 반년이 넘었다는 것을 알고는 있어요? 학교 선생이 내한테 왜 추천서 써 주길 꺼렸는지 알고 있어요?"

그는 영호를 바라보았다. 영호의 눈빛이 접시 위에 놓인 생선의 눈처럼 차가웠다. 영호가 그의 눈길을 외면하며 창밖으로 시선을 고정시킨 채 말했다. 창밖으로 청명한 하늘이 펼쳐져 있었다.

"나는 종일 잠만 자요. 깨어있을 때에도 잠이 끝도 없이 쏟아져요. 하루하루 지나가는 게 악몽 같아. 차라리 나도 엄마와 영림이처럼 강을……."

그가 영호의 뺨을 때린 건 한순간이었다. 영호가 그를 다시 정면으로 바라보았다. 그는 허공으로 손을 한 번 더 들었다가 그대로 멈추었다. 그는 아까 잠에서 깼을 때처럼 슬프고 놀란 얼굴을 하고 있었다. 하지만 그는 지금 자기가 어떤 표정을 짓고 있는지 모르는 것 같았다.

창밖에 어둠이 내리자 저녁을 알리는 확성기 소리가 들려왔다. 그리고 바로 뒤이어 체조음악이 울려 퍼졌다. 그는 어두운 방에서 작업복을 갖춰 입고 서서 창밖을 바라보았다. 어두운 하늘의 찢어진 틈으로 용암처럼 시뻘건 노을이 새어나오고 있었다.

잠시 후 쿵짝쿵짝 메아리치던 음악소리가 멈추었다. 곧이어 의미 없는 사이렌이 어둠에 잠긴 산마을에 울려 퍼졌다. 그리고 정적이었다. 그는 옷장 문을 열고 안쪽에 걸린 헤드랜턴을 빼어 머리에 착용했다. 그리고는 끈이 달린 커다란 부대자루를 꺼내 어깨에 둘러메었다. 밖에서 성태가 조용히 창문을 세 번 두드렸다. 그는 헛기침을 한 번 하고는 방문을 열고 나가 영호가 잠들어 있는 방을 지나 툇마루를 내려갔다.

그는 대문 옆에 서 있던 성태와 함께 담 그늘을 따라 걷다가 순철의 집 앞에서 멈추었다. 마당 안으로 돌을 던지자 곧 툇마루 문이 열리며 순철이 모습을 드러냈다. 그들은 곧 발자국 소리를 내지 않고 걸어 마을 뒷길로 빠졌다. 세 명 모두 머리에 헤드랜턴을 쓰고 부대자루를 하나씩 어깨에 메고 있었다. 성태는 끈 없는 헤드랜턴을 철사로 칭칭 감아 머리에 고정시키고 있었다. 그들은 달빛이 비치는 밤길을 아무 말 없이 조용히 빠르게 걸었다. 산길에 접어들어서야 그들이 내는 발자국 소리에 밤새가 푸드득 날아올랐다.

그들이 세 사람만의 비밀을 유지하며 밤마다 아무도 모르게 마을 뒷산의 암반의 균열 틈 사이로 기어들어가 굴을 파며 석탄 조각을 캐기 시작한 지는 거의 한 달이 다 되어가고 있었다. 무릎 걸음조차 할 수 없이 배를 바닥에 대고 기어들어가야 하는 틈새는 가시덤불로 입구를 덮어놓아 그들의 석탄 불법채취를 아무도 알아채지 못하게 했다.

산길을 오르면서 순철이 입을 열었다.

"그래도 종종 농장에 나가서 분조장에게 상판때길 들이밀어야 해."

"니미럴, 분조장 간나 새끼."

성태가 어둠 속으로 침을 뱉었다.

"그 새끼 더럽게 노는 꼴을 내가 한두 번 본 게 아냐."

"그러니까 하는 말이란데."

"순철이 말이 맞아. 그러니까 더 조심해야 해." 그가 말했다.

"그러는 자네야말로 왜 요새 통 농장에 안 나오나? 거의 일주일이 넘은 것 같은데?"

앞장 선 순철의 목소리에 거친 숨결이 배어들었다. 길이 점점 가팔라지고 있었다.

"누가 뭐라든가?"

그가 물었다.

"누가 뭐라든 간에 난 자리는 눈에 띄는 법이야." 그의 뒤에서 성태가 말을 받았다.

그가 말했다.

"끝나고 집에 돌아가면 아침에 일어나기가 어찌나 힘든지 말이야. 기상 소리도 아야 못 들어. 자네들은 괜찮나?" 그의 목소리도 점점 더 거칠어지고 있었다.

"생각보다 힘들긴 힘들지." 순철이 대답했다.

"그것보다 난 겁이 나. 언제 무너질지 알게 뭐야." 성태의 말이었다.

"무너지면 내절로 내 무덤이 되는 기지." 순철이 대답했다.

"재수 없는 소리들 하지 마."

그가 말했다.

"내일은 농장에 꼭 나갈게."

"생활총화도 좀 나오라."

"그러지."

"니미럴 놈의 생활총화."

성태가 가시덤불을 걷으며 침을 뱉었다.

울창한 숲으로 겹겹이 둘러싸인 깊은 암흑 속에서 희미하게 어룽이는 빛은 도깨비불을 연상시켰다. 그것은 세 개의 눈을 가지고 조금씩 흔들리며 틈새 입구 쪽으로 나아오다가 밖으로 시야를 확보한 빛이 커다란 원을 그리며 사방으로 퍼지자 곧 꺼졌다. 잠시 후 암반의 틈새 밖으로 세 개의 부대자루가 먼저 굴러 나오고, 그 뒤로 세 사내가 기어 나왔다. 각기 다른 세 개의 숨소리가 숲의 정적을 깨뜨렸다.

그들은 침묵을 지키며 부대자루에 든 것을 쏟았다. 서쪽으로 이운 달빛 아래 탄 조각이 섞인 암석들이 표면의 얇은 편암 입자들을 반사하며 우르르 쏟아졌다. 암석에서 탄 조각을 분리해 내는 데는 달빛으로 충분했다. 그들은 한 데 모은 암석 덩어리들을 각자 가지고 온 망치로 부순 뒤 손으로 확인해가며 탄을 골라냈다. 작업을 하는 내내 그들은 아무 말이 없었다. 가끔 성태가 목에서 깊이 끌어올린 가래침을 뱉었다. 그들은 탄을 다 분리해 낸 뒤 세 개의 부대자루에 공평하게 나누어 담았다. 입구로 나왔을 때 찢어질 정도로 울퉁불퉁하게 가득 찼던 부대자루가 삼분의 일 정도로 줄어들었다. 그들은 각자의 부대자루를 봉한 뒤 어깨에 둘러메었다.

순철이 그제야 입을 열었다.

“앞으론 조금 더 서둘러야 할 것 같아. 밤이 점점 짧아질 거야.”

순철의 목소리에서 쉿소리가 났다.

“속도전으루다가 빠개야겠구나.”

성태가 침을 뱉으며 말했다.

“가지.”

그가 앞장서 내려가기 시작했다.

세 사람은 가파른 산길을 뛰듯이 빠르게 걸어 내려갔다. 마을 입구에 다다르자 강 안개가 올라온 어둠 속에서 첫 홰가 울었다.

그들은 달이 없는 그믐을 전후해서는 밤 작업을 하지 않았다. 지난 달 이맘때 작업을 마치고 내려오던 중에 그들 중 하나가 짧은 외침과 함께 비탈을 구른 후 그들은 그렇게 합의를 보았다. 어둠 속에서 그들은 그 비명소리가 누구의 것인지 알지 못했다. 혹시 자신인가, 하는 착각이 순간 스칠 정도로 무중력 같은 암흑이었다. 비탈을 달려 내려가 웅크린 신음소리 앞에서 붉은 랜턴 빛을 도둑처럼 비추자 부대자루를 꽉 움켜쥐고 있는 성태의 손의 불거진 음영이 잠깐 드러났다 곧 사라졌다.

이후로 성태는 보름 여 동안 각목을 천으로 칭칭 동여맨 다리를 끌고서 농장에 꼬박꼬박 얼굴을 내밀었고, 농장원들이 밭을 갈아엎고 파종을 하는 동안 밭의 둔덕에 앉아 한가로이 담배를 태웠다.

밤 작업이 없는 동안엔 그도 종종 농장에 나가 다른 농장원들과 함께 주어지는 대로 일을 해치웠다. 하지만 부족한 것은 인력이 아니라 트랙터를 움직일 동력이나 비료 등이어서 점심식사 후 두세 시간 이내면 대체로 일이 끝났다. 이후로는 생활총화 전까지 거의 자유 시간이었다. 밭을 갈아엎은 후 새살처럼 축축했던 흙이 마르면서 아지랑이 속으로 흙먼지가 날리는 무기력한 오후부터 전신주에 높이 매달려있는 확성기에서 저녁 체조음악이 울려 퍼질 때까지 대부분의 농장원들은 밭의 둔덕이나 나무 그늘 아래 할 일 없이 모여앉아 있었다. 그 중 몇몇만이 여자의 일을 돕기 위해 장마당으로 내려가거나 자기 집의 돼지를 이끌고 들로 나갔다.

"젊어 굼벵이는 늙어 보약이라지."

게으르게 시간을 죽이는 무리들을 보면서 순철이 하는 말이었다. 하지만 다른 농장원들 역시 순철 일행과 마찬가지로 농장에서의 한가로운 오후가 자신들의 어떤 시간을 위장하고 있는지 모를 일이었다. 어릴 때부터 학습되어 온 자아비판과 생활총화의 포화 속에서 오히려 그들이 배운 것은 비밀을 감추고 유지하는 법이었다. 그들은 큰 비밀을 지키기 위해 사소한 것을 걸고 넘어졌다. 마을 중 어느 집에 누군가가 오랫동안 보이지 않아도 아무도 그것을 생활총화 시간이나 분조장 앞에서 들추어 내지 않았다. 그들이 주로 비판하는 것은 비뚤어진 뱃지나 먼지를 닦지 않은 액자, 어수선한 마당 등이었다.

집집마다 창문이 굳게 닫혀 있었던 겨울이 지나가고 농장일이

재개된 후, 긴 하루가 끝나가는 석양의 차고 부드러운 빛 속에서 사내들의 무리 중 몇몇은 돌아갈 곳이 없는 듯한 표정을 하고 있었다. 하지만 그는 평소의 과묵한 표정을 유지하고 있었다.

"꿈을 꿨는데."

눈앞의 암벽을 응시하며 그가 말했다.

"호랑이가 나왔어."

그는 잎담배를 뱉었다. 성태가 그에게 감자가 든 천주머니를 건넸다. 그는 거기서 감자 한 개를 꺼낸 후 그것을 다시 순철에게 넘겼다. 그들은 야참을 먹기 위해 낮은 포복 자세로 나란히 엎드려 있는 상태였다. 먹이를 으깨기 직전의 악어의 입 속 같은 끼일 듯한 공간에서 이마 위의 랜턴 빛이 그들이 돌을 깨며 파헤쳐 들어온 눈앞의 날카로운 암벽을 비추고 있었다. 감자의 속살에 검은 이빨 자국이 났다.

"좋은 꿈이군. 호랑이라니."

순철이 말했다.

"혹시 우리 탄맥이라도 발견하게 되는 거 아냐?"

성태가 말했다.

"꿈에라도." 순철이 말을 이었다. "이렇게 탄 찌끄러기만 긁고 있으니 말야. 땅의 걸 주워 먹는 꽃제비 아새끼들이랑 뭐가 다르냔 말이지."

"그래도 사금을 캐는 것보단 낫단데. 먼지만한 금가루 골라내는 거 아주 환장하겠던걸." 성태가 말했다. "그리고 이것 봐. 탄이 조금씩 더 많아지고 있으니."

성태가 손을 뻗어 암석의 튀어나온 부분을 짓누르자 쉽게 부서졌다. 그는 생각에 잠긴 채 바닥에 떨어진 탄가루를 바라보며 말을 이었다.

"집안으로 호랑이가 들어왔어. 그런데 그게 자기 절로 들어온 건지, 내가 데리고 들어온 건지 확실하지가 않아. 문 밖에 호랑이가 나타난 걸 보고 문을 잠갔던 것 같기도 하고, 내가 문을 열어주었던 것 같기도 하고. 아무튼 처음엔 호랑이가 문 밖에 있었고, 다음엔 어느샌가 집안에 들어와 있었어."

"어쨌든 그래서?"

"그래, 어쨌든. 나는 꿈을 꾸는 내내 그 호랑이의 안색을 살피면서 저게 이빨을 드러내고 나를 물 힘이 있을까 하는 생각을 계속 했었어. 한 순간엔 안심했다가 한 순간에 두려워하고를 반복했던 것 같아. 그런데 결국 그 놈은 끝까지 이빨을 드러내지 않더군. 그런데 말이지, 한편으로 나는 그 놈이 이빨을 사납게 드러내는 모습을 한 번 보고 싶다는 생각이 드는 거야. 나를 물어도 좋으니 말이야."

그의 말이 동굴 안에 울려 퍼졌다. 그들의 그림자가 검은 암벽에 어룽졌다. 성태가 내리깐 눈으로 자신의 빈 두 손을 바라보고 있었다.

"하여간 자넨 좀 이상해."

순철이 입을 열었다.

"용꿈이면 용꿈, 개꿈이면 개꿈인기지 그게 다 무시기 소리야?

하여간 머리에 글이 든 사람들은 뭐가 좀 복잡해."

순철이 말했다.

"…그러니 이제 그만 잡아먹혔으면 좋겠다고……." 그가 혼잣말처럼 작게 중얼거렸다.

성태가 잎담배를 입에 털어 넣으며 말했다.

"탄맥은 니미럴."

⌒

영호가 이틀 째 집에 들어오지 않았다. 그는 영호 방의 문을 열고 한참동안 그 앞에 서 있었다. 방바닥엔 젖혀진 이불 아래 요의 누런 속살이 드러나 있었고, 늘 입던 옷이 옷걸이에 그대로 걸려 있었다. 이틀이 지난 게 아니라면 뒷간 같은 데 잠깐 나간 듯한 모습과 별반 다르지 않았다. 동쪽 창으로 푸르스름한 어둠이 조금씩 물러나고 있었다. 그는 자신이 아직 작업복을 벗지 않았다는 것을 자각하지 못하고 방 안으로 발을 들여놓았다. 구겨진 이불 위로 숯검정 자국이 지나갔다.

그는 책상 앞에 서서 그 위에 펼쳐져 있던 책을 들추어 보았다. 어디서 구했는지 모를 대학영어교재였다. 그는 쓴 웃음을 지으며 책장을 넘겨보다가 곧 덮었다. "JUCHE 라니." 그가 중얼거렸다. 잠시 후 그는 서랍을 하나씩 열어보기 시작했다. 그리고 곧 두 번째 서랍에서 종이 하나를 집어 들어 희미하게 밝아오는 창문 빛에 비스듬히 비추어 보았다. 희부윰한 종이 위에 '인민군 입영통

지서'라는 글자가 찍혀 있었다. 그는 종이를 들어 날짜를 확인했다. 4월 16일. 태양절 다음날이었고, 앞으로 보름 뒤였다. 그는 종이를 다시 제자리에 넣고 서랍을 닫았다. 그리고 그는 세 번째 서랍과 네 번째 서랍을 똑같은 속도로 천천히 열었다 닫았다. 그의 손이 닿는 곳마다 시커먼 숯검정이 묻었다.

그는 방문을 닫고 나온 뒤 수돗가로 내려가 작업복을 벗고 속바지만 입은 채 점점 밝아오는 아침빛에 쫓기듯 서둘러 몸을 씻었다. 이빨을 닦고, 세수를 하고, 머리를 감고, 세숫대야에 든 시커먼 물을 바닥에 쏟았다. 그리고 그는 일어서서 몸의 물기를 닦은 후 수건으로 머리통을 휘감았다. 때로 얼룩진 수건 위로 그의 얼굴의 굴곡이 어렴풋이 드러났다.

해가 점점 빨라짐에 따라 새벽 강 안개 역시 환한 공기 속으로 금세 흩어져버리곤 했다. 안개가 완전히 걷히고 나면 강물에 드리워진 버드나무 가지의 가늘고 긴 물 자국이 선명하게 드러났다. 강가를 따라 풀숲이 우거지고 있었다. 풀숲은 몸을 숨길 수 있을 만큼 자라 있었고, 축축하고 성긴 흙 위에 뿌리줄기들이 단단한 그물을 내리고 있었다.

이른 아침 여울목의 풀숲에서 새파란 풀잎들을 짓이기며 잠들어 있는 영호를 발견한 것은 순철이었다. 순철은 대나무를 깎아 만든 낚싯대를 어깨에 둘러메고 강가를 따라 걷다가 풀숲 사이에서 둥글고 희끄무레한 무엇을 보았다. 가까이 다가가서 보니 흰 내의만 입은 채 엎어져 있는 사람의 등이었다. 처음에 순철은 자신이 목격한 것을 그대로 둔 채 뒤돌아 나왔다. 그는 무표정한 얼굴로 강가에 침을 뱉었다. 두 집 건너 하나씩 곡소리가 나던 시절도 있었으므로 그리 놀랄 만한 일은 아니었다. 그는 한 손에 대나무 바구니를 든 채 강을 따라 걸어 내려간 후 적당한 위치에 자리를 잡고 낚싯대를 드리웠다. 이제 금방 깨어난 듯 여기저기서 새소리가 울려 퍼졌다.

따듯한 미풍에 조금씩 너풀거리는 옷깃을 제외하곤 아무런 미동 없이 강가에 그림자를 드리우며 서 있던 그가 어느 순간 갑자기 놀란 듯 반사적으로 낚싯대를 잡아당겼다. 그러자 강물 속에서 무언가가 햇빛에 물방울을 반사하며 날아올라 풀밭 위로 떨어졌다. 붉은 빛이 얼핏 돌고 반짝이는 표면을 가진 그것을 그는 순간 잉어라 생각했다. 하지만 그는 곧 투덜거리며 조그만 붉은색 장화에서 낚시 바늘을 빼낸 후 이리저리 돌려보다가 옆에 놓인 대나무 바구니에 던져 넣었다. 텅 비어 있었던 바구니가 좌우로 흔들리다가 곧 멈췄다. 그는 다시 강에 낚싯대를 던졌다. 퐁, 하고 작은 소리를 내며 찌가 잠긴 후 곧 정적이 찾아왔다. 그는 흘러가는 강물을 바라보았다. 그리곤 문득 바구니를 쳐다보았다. 그리고 다시 강물 위로 시선을 돌렸다.

"아까 그 놈 젊은 놈 같았는데……."

그는 씁쓸한 표정으로 중얼거렸다. 잠시 후 그는 낚싯대를 거두었다. 그리고는 대바구니를 챙겨 그곳을 떠났다.

그로부터 얼마 후, 풀숲에 엎드린 채 고르게 숨을 쉬며 깊이 잠들어 있는 영호를 깨우기 위해 순철은 그의 양쪽 뺨을 세차게 때렸다. 이슬에 말갛게 젖어 있던 양쪽 뺨이 새빨갛게 물들자, 영호의 눈꺼풀이 두세 겹의 짙은 주름을 만들며 천천히 힘들게 열렸다.

⌒

이른 아침, 기상을 알리는 긴 나팔소리 대신 빠르고 경쾌한 혁명군가가 뒷산에 공명을 일으키며 온 마을에 울려 퍼졌다. 태양절이었다. 그는 산에서 돌아와 작업복을 벗고 평소보다 꼼꼼히 몸을 씻었다. 오후엔 태양절 행사에 참가할 생각이었다. 날이 밝아옴에 따라 닭이 홰를 치는 소리가 간헐적으로 들려왔다. 어딘가에서는 닭은 잡는 듯한 소리가 들렸다. 음식을 기름에 볶는 고소한 냄새가 이웃집으로부터 흘러들었다. 그 속에는 투정을 부리는 계집아이의 들뜬 목소리도 섞여 있었다. 그는 물이 뚝뚝 듣는 작업복을 마당의 빨랫줄에 건 후, 집안으로 들어가 영호의 방문을 열었다. 영호는 달큰한 숨 냄새에 휩싸인 채 아직 잠들어 있었다. 방 한 구석엔 내일 입고 가야 할 군복이 흐트러짐 없이 반듯하게 개여 있었고, 단단하게 각이 진 모자가 그것을 지키듯이 누르고 있었다. 군복은 영호의 몸보다 한 치수 크게 배급되었다. 하지만 스무 살 이전이라 해도 군 생활 동안 몸이 더 자랄 것이라는 보장은 없었다.

그가 보기에 영호의 잠은 확실히 병이었다. 충성병과 같은 신경병 중의 하나일 것이라고 그는 생각했다. 다들 영혼의 심약함을 걱정했지만 그는 영호가 형과는 다른 종류의 예민함을 가지고 있다는 것을 알고 있었다. 하지만 영호는 고집을 꺾지 않았다. 말다툼이 계속되자 영호는 그동안 입대가 어려웠던 이유에 대해, 그러니까 그의 성분에 대해 그의 내부를 건드렸다.

"매정한 간나 새끼."

그는 중얼거리며 방문을 닫았다.

마당으로 나오자 명절의 흥취를 돋우기 위한 여성합창단의 노랫소리가 높이 울려 퍼지고 있었다.

그는 창고 안으로 들어갔다. 먼지에 뒤덮인 낡은 피아노를 지나 그는 창고 안쪽 깊숙한 곳에 보관해둔 석탄 자루 위의 천막 덮개를 걷었다. 그리고는 자루의 수를 세며 하나씩 창고 입구 쪽으로 옮기기 시작했다. 밀수업자와 원래 약속한 분량을 채우려면 보름은 더 작업해야 했지만, 그는 영호에게 여비를 넉넉히 주고 싶었다. 업자와의 접선을 태양절 특별배급이 이루어지는 어수선한 점심시간을 이용하기로 해서 지금 자루를 챙겨놓아야 했다. 새로 갈아입은 옷과 손에 다시 숯검정이 묻었다.

"씻기 전에 할 걸 그랬지, 이런 대갈빡 없는 놈." 언제부턴가 그는 혼잣말이 늘고 있었다.

석탄의 양은 꽤 되었다. 특히 최근 들어 암석에서 떨어지는 탄덩어리들이 점점 커지고 있었다. 성태가 탄맥일지 모른다며 검은 이빨을 드러내고 웃는 걸, 그는 멀거니 바라보았다. 성태의 가족은 난 자리 없이 그대로였다.

"탄맥이라… 그럴지도 모르지. 탄맥일지도……."

그는 마지막 석탄 자루를 문 곁에 놓으며 중얼거렸다.

한 뼘쯤 벌어진 창고 문틈으로 나무판자 같은 햇빛이 길게 가로놓여 있었다. 흙바닥에 반사된 빛이 그의 눈에서 다시 반사되어 어두운 창고 안에서 서늘하게 빛났다. 그는 어지럼증을 느꼈다.

"내 탓이 아냐."

문득 그가 중얼거렸다.

멀리서 공식행사를 알리는 팡파르 소리와 함께 높은 톤의 목소리가 울려 퍼졌다.

민족의 령도자이시자 위대한 업적을 남기신 우리의 경애하는 수령 지도자 동지의 제……

그는 창고 문을 닫았다.

창고 안으로 들어오던 한 뼘의 빛이 끼이익 소리와 함께 얇아지다 하나의 선으로 남았다.

"내 탓이 아냐."

그가 어둠 속에 남았다.

달의 언덕을 넘어갔습니다

승용차 뒷좌석에 앉아 연변으로 향하는 고속도로를 다섯 시간 넘게 달리는 동안 그녀가 본 것이라고는 도로 양 옆으로 끝없이 펼쳐지는 황토밭과 구름 한 점 없이 건조한 하늘 아래 일정한 간격으로 나타났다 사라지는 거대한 녹색 표지판들뿐이었다. 지평선 끝까지 뻗어있는 황토밭은 파종시기를 앞두고 모두 갈아엎어져 있었다. 굵게 뒤집어놓은 흙덩이 속에 마른 수숫대 조각들이 섞여 있는 것을 보고 그녀는 그것이 옥수수 밭이라는 것을 알았다. 오후 해가 내리쬐는 황토밭엔 바싹 마른 옥수수 잎들만 간간히 바람에 날릴 뿐 사람의 흔적은 보이지 않았으나, 멀리 낡은 기와를 얹은 마을들이 드문드문 보였다.

도로는 평야지대와 완만한 언덕지대를 긴 시간을 두고 번갈아 지나갔다. 도로가 언덕지대를 지날 때엔 일구어진 황토밭을 조금 더 가까이서 올려다 볼 수 있었는데 그것들도 모두 지난 추수의 잔해가 사금처럼 섞여 있는 옥수수 밭이었다. 깡마른 몸의 노인 하나가 비탈면에 수숫대처럼 서 있었다.

차가 좁아진 협곡의 긴 터널을 빠져나온 지 얼마 지나지 않았을 때, 그녀는 불길에 휩싸여 있는 대형 트럭을 보게 되었다. 트럭은 도로변으로 반쯤 기울어진 채 붉은 화염과 함께 시커먼 유독가스를 하늘로 뿜어내고 있었다. 사람들은 트럭 곁을 통과하지 못하고 갓길에 차를 세운 채 텅 빈 도로 곳곳에 서서 치솟고 있는 불길을 바라보고 있었다. 그녀는 트럭 안의 운전수가 어떻게 되었을지 궁금해졌다. 기울어진 트럭과 함께 운전석에 기울어진 채 운전하던 모습 그대로 까맣게 타고 있을 것만 같았다. 차 옆에 기대어 서서 담배를 천천히 태우며 눈앞의 사고를 감상하듯 바라보던 사내가 다시 운전석에 올라 시동을 걸었다.

"그냥 갑시다. 공안이 오기 전에."

사내가 말했다. 그리고 굳이 더 설명할 필요가 없다는 듯 핸들을 돌렸다. 차는 다른 차들 사이를 빠져나와 곧 검은 연기와 화염에 휩싸여 있는 트럭 곁을 빠른 속도로 지나쳐 갔다. 그녀는 뒤를 돌아보았다. 거센 불길을 휘감은 트럭은 점점 작아지다가 곧 보이지 않게 되었으나, 멀리서 석유를 태우는 검은 연기가 계속 솟아오르고 있었다.

동북 지역의 거대한 옥수수 경작지를 가로지르는 고속도로가 끝나고 1차선 국도로 접어들면서 공기가 차가워지기 시작했다. 싸리비 같은 나무들이 도로 양 옆으로 잡초처럼 흩어져 있는 완만한 오르막길이 끝나고 내리막길이 시작되자 경작지가 아래를 향해 넓게 펼쳐지면서 시야가 확 트였다. 텅 빈 경작지 곳곳엔 불이 놓아져 있었다. 사위가 사그라지기 전 남아있는 일광 속에서 흰 연기들이 바람을 따라 일정한 방향으로 흩어지고 있었다. 지형을 따라 일궈진 화전 밭은 언덕으로 이어지고 있었는데, 그곳을 지나면서 그녀는 언덕 위의 하늘에 둥근 얼룩이 스며들듯 희미하게 드러나는 달의 모습을 보았다. 지평선에서 떠오르지 않고 투명한 하늘 어딘가에서 마술처럼 서서히 스며나오는 고산지대의 가깝고도 커다란 달을 바라보며 그녀는 자신이 가는 곳이 어디든 상관없다고 생각했다.

사위가 완전히 어둠에 잠기자 사내가 전조등을 켰다. 사내는 이제 곧 도착할 것이라고 말하며 그제야 그녀에게 몇 마디 건넸다.

"나도 함북 사람이요."

사내가 말했다.

"함북 어디……."

"화룡."

그녀는 자신의 고장을 말할 생각은 없었다. 그녀는 이렇다 할 대꾸 없이 차창 문을 올렸다.

사내가 다시 입을 열었다.

"살다가 힘들면 다시 연락하라구."

"팔려가는 몸이 뭐……."

"깡촌인데 내달아나면 아야 끝이지 뭐."

"그러면 아주바이가 곤란해지는 거 아니요?"

"내야 여기까지. 이제부턴 지지든 볶든 당신네들 일이니까 아지미가 살든 내달아나든 내 상관은 아이야."

그러면서 사내는 여기서 조금 버티다가 남한으로 도망가는 경우가 많다는 이야기를 해주었다.

"남조선에 가면 돈을 준다구. 그러니까 비용은 후불로 하면 되는 기지."

그녀는 사내가 하는 말을 멍하니 듣다가 "… 저짝에 가족이 있어요." 라고 말했다.

그러자 사내가 피식 웃으며 "누군 저짝에 가족이 없나?" 라고 했다.

"뭐 살아보면 알겠지만 한 번 강 건너면 끝이야. 내절로는 들어가게 안 된다구."

그녀는 검은 차창에 비친 자신의 얼굴을 바라보았다.

사내가 말했다.

"나는 거기서 아들을 둘이나 먼저 보냈다구. 하나는 굶어죽고, 하나는 탄광에 묻혀죽고."

사내의 목소리가 차 안 어디 다른데서 들려오는 듯 했다. 그녀는 사내의 뒤통수를 바라보았다.

사내가 내뱉듯이 말했다.

"거기가 사람 사는 덴가? 개, 돼지만도 못하게 사는 땅에."

맞은편 차선으로 전조등을 켠 차 하나가 그들이 탄 차의 내부를 비추며 지나쳐갔다. 사내는 다시 말없이 어둠 속을 달리다가 카메라가 설치된 곳을 지날 때마다 중앙선을 넘었다가 되돌아왔다.

차는 비포장도로를 얼마간 달린 후 마을에 도착했다. 그녀는 비포장도로의 거친 노면을 엉덩이뼈로 직접 느낀 후에야 자신이 실제로 어딘가로 가고 있다는 사실을 실감했다. 다만 멀리 푸르스름한 마을의 불빛이 보이지 전까지 사방이 어둠에 휩싸여 있어 어디로 향해가는 건지는 알 수 없었다.

사내는 마을 어귀로 들어선 후 창문마다 희끗희끗한 불빛이 새어나오고 있는 길을 천천히 지나 어느 집 앞에 이르렀다. 나무판자를 덕지덕지 이어 만든 울타리 곁에 구겨진 치마저고리를 입고 쪽진 머리를 한 노인 하나가 서 있었다. 노인은 자신 앞에 차가 정차하자 몸을 앞으로 굽히고 두 손으로 챙을 만들어 뒷좌석의 어두운 차창 안을 들여다보았다. 그녀는 차 안에 앉아, 아무것도 보이지 않는 듯 기웃거리고 있는 노인의 쪼그라든 얼굴을 검은 차창을 방패삼아 한동안 바라보다가 마지못해 차창 문을 내렸다.

그곳은 언제나 아침 해가 일찍 떠올라 환한 빛 속에서 깜박 낮잠이 들었던 것처럼 눈을 뜨게 되는 고장이었다. 아침에 눈을 뜨면 이미 모든 것이 환하게 드러나 있는 하루가, 이슬조차 내린 흔적 없이 어제와 그대로 이어져 있었다.

그녀는 마당에서 들려오는 부산한 소리에 잠에서 깼다. 옆을 보니 남편은 이미 자리에 없었다. 그녀는 서둘러 옷을 걸쳐 입고 마루로 나갔다. 이곳에 처음 왔을 땐 부엌이 따로 없이 마루 한 쪽 공간에 타일을 깔고 가마솥 두 개를 바닥에 나란히 박아놓아, 그것을 부엌으로 쓰는 집의 구조가 우습게 느껴졌지만 이제는 그것에도 익숙해져 있었다. 마루를 지나가면서 그녀는 가마솥에서 흰 밥 뜸이 새어나오고 있는 것과, 티브이에서 한국말이 요란하게 쏟아져 나오고 있는 것과, 그 앞에 다듬다 만 쪽파가 담긴 대바구니가 놓여 있는 것을 차례대로 보았다. 티브이를 끄고 바구니를 조리대에 올려놓고 밖으로 나오자 먼지가 뿌옇게 섞인 환한 빛 속에서 노인이 파란색의 커다란 비닐 거적을 펼쳐놓고 앉아 옥수수 낱알을 가려내고 있었다. 노인은 그녀를 보자 빠진 이를 드러내며 웃었다. 하지만 요즘 들어 건포도 같은 얼굴이 자꾸만 더 쪼그라들고 있어서 웃고 있는 건지 찡그리고 있는 건지 잘 분간이 되지 않았다. 남편도 남편이지만 특히 노인은 자신의 쌈짓돈을 털어 사온 그녀를 재산처럼 여겼다.

"아야, 더 자라. 더 자라."

노인은 낱알을 고르던 손을 그녀를 향해 내저었다.

"됐시다. 해가 중천인데."

그녀는 마당을 가로질러 노인 곁에 쭈그리고 앉아 함께 낱알을 고르기 시작했다. 올해는 봄이 일찍 찾아와 파종시기가 앞당겨져 있었다. 얼마 전까지만 해도 새벽에 화장실에 갈 때마다 시린 공기가 옷 속을 파고들었는데, 어느 순간 기온이 열병에 걸리듯 갑자기 확 올라갔다. 그녀가 노인에게 요즘 한참 티브이에서 떠들고 있는 이상고온현상에 대해 이야기하자 노인은 "사람이 죄를 지으면 하늘이 노하는 게 당연하지" 라며 표정이 어두워졌었다.

그녀는 병아리색의 옥수수 낱알 더미 위에서 바삐 움직이고 있는 노인의 갈퀴처럼 비쩍 마른 손을 바라보았다.

노인이 중얼거리듯 말했다.

"그래도 좋은 세월이야."

"그래요. 오마니."

노인이 습관처럼 던지곤 하는 밑도 끝도 없는 말에 그녀 역시 건성으로 대꾸한 뒤, 두 사람은 햇볕에 꾸벅꾸벅 조는 병아리 같은 몸짓으로 한동안 말없이 낱알을 골라나갔다.

일찍부터 떠올랐던 해가 아침을 지나면서 오히려 조금 서늘해질 무렵, 익숙한 트랙터 소리가 일정한 속도로 가까워지다가 대문 앞에 멈췄다. 병자가 가래를 뱉어내듯 힘들게 시동이 꺼지는 소리에 이어, 그녀의 남편이 투덜거리며 마당으로 들어섰다. 그는 벌써부터 웃통을 벗고 있었다.

"이 떼놈의 자식. 일주일이나 기계를 들어다 쓰면서 완전히 엉망으로 만들어 놨어. 빌어먹을 자식."

소처럼 둔한 사람이 들소처럼 콧김을 뿜는 걸 보니 그 역시 빨라진 파종시기가 어지간히 부담스러운 모양이었다.

"됐시다. 어차피 소, 돼지 배때기로 들어가는 농사인데 뭘 그리 안달이오?"

그녀가 핀잔을 주자 그는 금세 머쓱해하며 원숭이 같이 긴 팔을 내려뜨렸다. 그는 조선 사람들의 습관대로 '떼놈, 떼놈' 했지만 순한 성정은 오히려 중국 남자에 가까웠다. 그는 투덜거리면서도 마을 공용 트랙터가 훠궈네 밭을 일주일 이상 느긋하게 돌아다니는 모습을 바라보기만 했다. 대신에 봄기운을 참지 못하고 아침마다 어깨에 곡괭이와 부삽 등을 메고 나갔다가 저녁때가 다 되어 소처럼 슴벅해진 눈을 하고 돌아왔다. 그녀에게 지금 남편은 자신을 돈 주고 산 사람 그 이상도 이하도 아니었지만 그런 모습은 자신도 모르게 마음에 남았다.

아침을 먹고 난 후 그녀는 오랜만에 남편을 따라 밭에 나갔다. 아직은 황토뿐인 벌판이 지평 끝에서 곡면을 그리고 있었다. 그녀는 트랙터의 뒤를 따라 흙먼지가 일어나는 길을 걸었다. 건조한 하늘에서 뜨겁게 내리쬐는 햇볕 아래, 트랙터의 소리조차 모든 것이 고요하게 느껴졌다.

⁀

이상고온 현상이 찾아와 가뭄으로 이어지던 그해엔 옥수수들이 병충해를 입어 소출이 형편없었다. 더운 기류를 타고 무서운 속도로 무성해졌던 푸른 옥수수 밭이 한순간에 빠르게 소멸되는 것을 마을 사람들은 속수무책으로 바라보았다. 사람들은 주정부에서 수매와 보상을 얼마큼 해줄 것인가를 가지고 하루 종일 떠들었다. 몇몇은 일찌감치 밭을 갈아엎고 해가 질 무렵 밭 곳곳에 불을 놓았다.

추수기가 끝나가는 어느 오후, 그녀는 남편이 몰고 있는 트랙터의 거대한 바퀴가 그들 밭의 하얗게 마른 수숫대를 쓰러뜨리며 그 위를 짓밟고 지나가는 것을 바라보면서, 지난여름 옥수수 잎이 무성했던 그곳에서 춘룽에게 몸을 대주었던 일을 떠올렸다.

마을 여자들의 이야기를 통해 이 지역에선 남자들이 서로 품앗이를 해주면 고마움의 표시로 아내를 빌려주기도 하는 풍토가 있다는 것을 알고는 있었지만 막상 남편이 부탁을 해오자 그녀는 정신 나간 것들이라는 생각 밖에 나지 않았다. 남편은 그것을 중국말로 했다.

건조한 바람이 소리 나게 지나가는 옥수수 밭에서 춘룽과 일을 치르고 난 뒤 혼자 남아 깜박 잠이 들었다가 땅거미가 내린 길을 걸어 집으로 돌아가자 대문 앞에서 서성이고 있던 남편이 그녀를 보고는 눈에 소금이 들어간 듯 한쪽 눈을 끔뻑거리면서 어색하게 웃었다. 그러고는 곧바로 화난 표정이 되어, 사람을 왜 이렇게 오래 붙들고 있냐면서 투덜거렸다. 남편의 등 뒤의 반쯤 열린 대문 사이로 노인이 크게 틀어놓은 티브이 소리와 저녁밥 짓는 냄새가 흘러나오고 있었다. 그녀는 대문 양쪽에 붙여놓은 금박으로 '복'자가 그려진 방석만한 크기의 붉은 종이를 바라보며, 사는 게 별 거 아니라는 생각을 했다. 다행히도 그 이후로 남편이 그런 요구를 또 해오는 일은 없었다.

저쪽 밭 끝에서 남편이 트랙터에서 내려오고 있는 게 보였다. 그녀는 쓰러진 갈대들을 밟으며 남편을 향해 밭을 가로질렀다.

눈이 펑펑 내리던 어느 날 밤, 그녀는 꿈을 꾸었다.

새벽에 깨어난 뒤에도 머릿속의 자질구레한 풍경들 어느 한 구석에서 오전 내내 계속 희미하게 재생되었던 그런 꿈이었다. 꿈속에서 그녀는 네 개의 기둥이 위층을 받치고 있는 망루형 집의 이층 난간에 서서 그곳을 탈출하려 하고 있었다. 텅 빈 황토밭 위에 세워진 그 집에서 그녀는 어떤 남자와 함께 있었는데, 남자가 먼저 뛰어내렸다. 지상으로 떨어질 때의 남자의 몸에 가해진 충격이 꿈을 주관하는 그녀에게도 똑같이 전해져 그녀는 뛰어내릴 엄두를 못 내고 공포에 사로잡혀 있었다. 잠시 후 남자가 몸을 일으키더니 맨손으로 황토밭을 파헤치기 시작했는데, 구덩이가 깊어짐에 따라 집이 점점 앞으로 기울었다. 용기를 낼 수 있을 만큼 기울어지자 그녀는 난간에서 뛰어내렸다. 그리고 그녀는 남자와 함께 산 쪽으로 향해 나 있는 길을 따라 있는 힘을 다해 뛰었다. 그러나 꿈속에서 그녀는 남자가 자신의 탈출을 도와준 건지, 아니면 자신을 어딘가로 끌고 가려는 건지 알 수 없었다.

그리고 꿈은 장면이 바뀌어 어느 사이 그녀는 바위 턱에 앉아 세 마리의 새끼호랑이가 자신의 맨 종아리를 핥는 것을 그대로 내버려두고 있었다. 꿈을 주관하는 그녀가 꿈속의 그녀에게 그러다가 물기 전에 어서 도망치라고 재촉했으나 꿈속의 그녀는 이대로 잡아먹혀도 좋겠다는 생각을 하며 말없이 앉아 있었다.

그녀는 새끼호랑이들의 이빨에 점점 힘이 들어가는 것을 느끼면서 잠에서 깨어났다. 부드러운 혀와 날카로운 이빨 사이의 아슬아슬한 꿈의 감각이 지나간 후, 그녀는 세 마리의 새끼호랑이들이 누구였던가 생각했다. 강을 건너온 몇 년이 까마득한 옛날처럼 느껴졌다. 그녀는 몸을 뒤척였다. 그 아이들이 누군지 알 수 있을 것 같았다.

하지만 첫 번째 꿈의 남자는 누구였는지, 아니면 누구나 마찬가지인지, 누구라도 상관없는지, 창밖엔 여전히 새벽이 지나도록 눈이 펑펑 내리고 있었다.

⁀

이곳의 하루는 하늘이 일찌감치 밝아오는 것과 마찬가지로 저녁엔 늦게까지 해가 지지 않고 환했다. 붉은 기와지붕의 굴뚝마다 밥 짓는 연기가 햇빛 속에서 뿌옇게 피어오르고 나서 흙먼지가 날리는 저녁이 찾아왔다. 남자들은 저녁을 먹고 나면 누런 런닝셔츠 차림으로, 혹은 웃통을 벗은 채로 주점에 모여들어 술과 함께 마작 패를 던지거나 티브이 채널을 돌리며 짧은 밤을 최대한 길게 보냈다. 흙에 물든 듯 새까맣고 마디가 옹이진 남자들의 손 안에서 술잔이나 마작 패는 장난감처럼 작았다. 여자들은 남자들이 하루의 피로를 풀기 위해 벌이는 가벼운 도박판을 아무렇지도 않게 여겼다. 대신 주말이 되면 남자들은 여자들이 마작판에 가는 것을 허락해주었다. 그녀도 평소엔 노인과 함께 티브이 앞에 앉아서 불법안테나가 잡아주는 한국 드라마에 푹 빠져 지냈으나, 가끔은 바람을 쐬러 푼돈을 챙겨들고 읍내로 나갔다. 그녀가 외출할 때마다 도망 갈까봐 두려워서 검은자위가 하염없이 커지던 노인의 눈빛도 이제는 옛날 일이었다.

하루의 길이가 정점을 찍던 어느 토요일 저녁, 읍내로 접어드는 진입로에서 그녀는 버스의 차창 밖으로 교통사고가 나 있는 것을 목격했다. 한 여자가 도로 바닥에 머리를 댄 채 옆으로 쓰러져 있었고, 그 옆에는 오토바이 뒷부분을 짐칸으로 개조해 만든 리어카 형 삼륜차가 쏟아져 나온 짐들과 함께 뒹굴고 있었다. 그 앞에는 검은 차창의 고급 승용차 한 대가 앞머리를 옆 차선으로 들이민 채 비상등을 깜박이며 멈춰 있었다. 시멘트 바닥에 닿아있는 여자의 머리에서는 피가 새어나오고 있었지만, 그것만 아니라면 입을 꾹 다문 채 찌푸린 눈을 꼭 감고 있던 여자의 얼굴은 단지 무언가 짜증나는 일을 당했다는 표정으로만 보였다. 그녀는 여자가 차에 부딪힌 순간에 배달해야 할 짐칸의 물건들과 집에서 저녁밥을 기다리고 있을 아이들을 떠올렸을 거라는 생각이 들었다. 그런 것들에 비하면 자신이 당한 사고는 짜증나고 번거로운 것이었을지.

신호를 기다리던 버스가 움직이자 그녀는 뒤를 돌아보았다. 여자를 일으키거나 곁에 다가가는 사람이 아무도 없었다.

그녀가 가끔 다니는 마작 판은 읍내 중심가에서 조금 떨어진 어느 후미진 골목 끝에 위치한, 조선족 여자가 운영하는 오래된 주점이었다. 주인 때문인지 몰라도 주로 조선족 여자들이 모이는 이곳은 읍내의 다른 주점들에 비하면 그나마 깨끗한 편이었지만 통풍이 잘 되지 않아 냄새가 빠지지 않았다.

그녀는 맥주의 시큼한 냄새와 희미하게 배어있는 화장실 냄새와 담배연기 속에서 피곤함을 느꼈다. 힘없이 돌아가는 천장의 대형 선풍기 아래 원탁이 끈적거렸다. 이번 판만 끝내고 집으로 돌아가야겠다고 생각하고 의자에 기대어 있던 몸을 일으켜 세우자 맞은편에 있던 여자가 그녀의 패를 힐끔 쳐다보았다. 그녀는 여자의 눈길에 새삼 자신의 패를 들여다보고는 몸을 다시 의자에 파묻었다. 그녀가 자신의 패를 순서대로 옮기며 말했다.

"오다가 사고가 난 것을 봤어."

그러자 누군가가 건성으로 대꾸했다.

"… 으응, 그래?"

"여자인데, 죽었는지 살았는지 모르갔어."

"쯧쯧, 차들이 자기절로 피해줄 줄 알고 정신 빼고 다니다가 그랬겠지."

다른 누군가가 대꾸했다.

또 다른 여자가 말했다.

"요새 부쩍 차들이 많아졌다고. 조심해야 돼. 사고도 엄청 많아졌어."

그러자 맞은편의 여자가 런닝셔츠 밖으로 훤히 드러나 보이는 가슴골의 땀을 닦으며 노래를 부르듯이 말했다.

"죽는 것도 사고, 사는 것도 사고."

한 두 명의 여자가 낄낄 웃었다.

누군가 말했다.

"내가 얘기 아니 했던가? 여기 몇 달 드나들던 젊은 북한 계집아 있잖아. 한국으로 가다가 잡혀서 북송됐다지, 아마."

"… 아, 어쩌다가……."

그녀가 판돈을 더 얹으며 물었다. 그녀를 따라 손들이 가운데로 모였다가 흩어졌다.

"제 몸만 가면 일 없었겠는지. 중국 남편 돈을 싹싹 훔쳐서 내달았던 모양이야. 그러니 붙들렸지."

그러자 맞은편의 여자가 또 변죽을 울렸다.

"사는 게 더 사고야. 사는 게."

누군가가 판돈을 더 얹었다. 손들이 다시 모였다가 흩어졌다. 그녀는 망설이는 손짓을 하다가 맨 마지막에 코인을 던져 넣었다.

"그나저나 그 얘기 들었나?"

누군가 말했다.

"무슨 얘기?"

"이 근방 전체가 대규모 관광단지로 개발 된단데?"

"아니라, 한국공장이라던데?"

굽은 다리를 절뚝이며 지나가던 주인 여자가 말참견을 했다.

"땅들 팔지 말라고. 나중에 후회하지 말고."

"그럼?"

"그럼은 무슨 그럼. 우리 같이 뿌리 없는 사람들 땅 없으면 끝이야."

이야기를 처음 꺼냈던 여자가 자기 패를 앞으로 내밀며 말했다.

"값을 많이 쳐 준단데? 사실 땅뙈기에서 나오는 옥수수를 알로 세서 먹느니…, 관광이든 공장이든 아무튼 개발을 해야 돼. 한국을 봐. 얼마나 잘 사는지."

여자의 말이 끝나자 그녀가 자신의 패를 뒤집어 앞으로 내놓았다. 그녀의 패를 본 여자들이 그녀 앞으로 코인들을 던졌다.

늦은 밤길을 걸어 집으로 돌아오면서 그녀는 지금쯤이면 사고의 소식이 여자의 가족들에게도 전해졌겠지, 하고 생각했다. 혹은 죽음의 소식이. 그녀는 밤하늘을 올려다보았다. 밝은 보름달이었다. 어쩐지 오늘 밤은 어스름한 저녁에 강을 건넌 후 찾아왔던 그때의 밤을 떠올리게 했다. 첫날밤에 묵었던 어느 늙은 노파의 집에서 새벽녘에 들이닥친 괴한에게 노잣돈을 강도당하고, 그 후 노파의 소개로 몸이 팔리던 모든 일들이 순식간이었던 그때도 나는 그저 하염없이 아이들 생각뿐이었지. 하지만 생각했댔자 무슨 소용이야. 오늘 본 그 여자도, 나도 같은 강을 건넌 거야. 그녀는 자기도 모르게 그런 생각들을 하고 있었다.

그녀는 자신의 그림자를 밟으며 길을 걸었다. 멀리 달빛에 마을이 환하게 비춰보였다.

노인의 죽음은 자연의 일부처럼 자연스럽게 찾아왔다. 땅 위를 기어 다니는 땅벌레처럼 평생 땅만 파던 노인의 몸이 점점 땅을 향해 굽어지다가 땅 위에서 쓰러지자 삽으로 떠낸 흙덩이처럼 방 안으로 옮겨졌다. 그녀 역시 곧 다가올 노인의 죽음을 자연스럽게 받아들였다. 그녀는 노인을 위해 티브이를 방 안으로 옮겨주었다. 노인은 자신이 그토록 좋아하던 한국방송을 흐리멍덩한 눈으로 바라보며 서서히 소멸해갔다.

노인의 죽음이 자연스러웠다고는 하나, 노인을 돌보았던 몇 달 동안 그녀는 전혀 예상하지 못했던 괴로움을 당했다. 무엇보다 노인은 그녀를 아끼던 평소의 자신을 깡그리 잊고 그녀가 눈앞에 보일 때마다 욕설을 퍼부었다. 흔한 치매현상이었지만 내용이 비교적 정확해, 그녀는 노인의 말에 귀를 기울이지 않을 수 없었다. 노인은 그녀에게 “돈 값을 못 했다”고 했다. 그녀가 노인의 입으로 죽을 흘려 넣으며 이유를 묻자 노인은 “애기도 안 낳고” 하며 벌어진 턱을 떨었다. 순간 그녀는 아무도 모르게 아이를 떼었던 일을 노인이 알고 있었나, 하고 가슴이 뜨끔했다. 노인은 그녀에게 “외간남자와 붙어먹은 년”이라고도 했고, “정도 눈물도 없는 년”이라고도 했다. 그녀는 노인의 욕창을 뒤집어주며, 티브이 채널을 돌려주며, 얼굴을 씻겨주며, 노인의 욕설들을 들었다. 노인은 자꾸만 과거로 사라져 그곳에서 가장 나쁜 말들을 찾아내어 뽑아 올렸고, 그녀는 방 안에서 홀로 외로움을 느꼈다.

하루는 그녀가 노인의 방을 닦고 있는데 등 뒤에서 “고향에 가야지” 라는 말이 아주 먼 곳에서 들려오는 것 같기도 하고, 혹은 바로 귓가에서 들여오는 것 같기도 한 음성으로 들려왔다. 하지만 뒤를 돌아보니 노인은 두 눈을 꼭 감은 채 깊이 잠들어 있었다.

노인은 서릿발이 내리는 이른 새벽에 그녀와 자신의 아들이 지켜보는 가운데 숨을 거두었다. 창밖엔 바람이 윙윙 소리를 내며 불었다. 노인의 상여는 추수의 잔해가 나뒹굴고 있는 얼어붙은 옥수수 밭을 한 바퀴 돈 후 마을 공동묘지에 묻혔다.

⌒

노인의 무덤에 새 풀이 돋을 무렵, 그들은 옥수수 밭을 팔았다. 주정부가 추진하고 있는 동북관광개발에 그들의 마을이 포함될 거라는 소문이 사실로 확정되어, 그 무렵엔 이미 마을 전체가 어수선해진 상태였으므로 땅을 파는 데에 갈등이나 미련은 없었다. 단지 땅을 목숨처럼 여겼던 노인의 목숨이 하늘로 올라갈 때까지 기다렸을 뿐이었다. 노인은 옆으로 지나가는 대형 트럭의 먼지를 뒤집어쓰면서도 그게 뭔지 모른 채 굽어진 등에 커다란 바구니를 메고 땅만 쳐다보면서, 쓰러지기 직전까지 옥수수 밭에 다녔다.

지난 가을 마을의 마지막 옥수수 수확이 석유 제조 원료로 헐값에 넘겨진 뒤, 그녀는 엉망으로 쌓여있는 옥수수 더미에서 알이 굵고 고르게 잘 영근 옥수수들을 골라내어 누워있는 노인의 눈앞에 흔들어 보여주었다. 그리고 노인으로부터 "늦잠만 쳐 자다 농사 망칠 년"이라는 욕설을 들으며, 노인에게 보여주었던 옥수수들을 한 줄로 엮어 가을볕이 따가운 처마 밑에 걸어놓았었다.

밭을 판 지 얼마 지나지 않아 그들의 밭 곳곳에도 다른 밭과 마찬가지로 공사구역을 표시하는 작은 삼각형의 붉은 깃발들이 봄의 세찬 바람에 찢어질듯 펄럭였다.

마을이 하나의 거대한 공사 현장이 된 것은 마을 사람들에게 좋은 일이었다. 자신들의 땅을 떠나지 않고도 농사를 짓던 바로 그 땅이 일터가 되어, 임금을 받을 수 있게 된 것은 분명 좋은 일이었다. 적어도 그들의 마을은 마을 사람들의 절반 이상이 일자리를 찾아 한국으로 떠난 요즘의 다른 조선족 마을처럼 되지는 않았던 것이다. 그와는 반대로 거대한 완공 조감도가 세워진 마을 입구로 외부 사람들이 드나들었다. 일자리를 찾아 들어온 노무자 무리들과, 어느덧 노동자 분위기를 물씬 풍기는 마을 남자들이 숨 막힐 듯한 더위를 피해 조각 그늘 아래 뒤섞여 있는 것은 흔한 풍경이 되었다.

그녀 역시 그녀의 남편이 일당으로 받아오는 돈을 매일 건네받으며 농사를 지을 때보단 상황이 나아진 것이라고 생각했다. 그들은 관광지구가 완성되면 적당한 자리를 임대해 관광객을 상대로 한 작은 식당을 꾸려 보기로 하고 돈을 모으는 중이었다. 대부분의 마을 사람들도 그들과 비슷한 이런저런 계획들로, 시멘트 먼지가 피부 결 사이사이 스며들었다.

그녀는 새벽마다 멀리서 울려오는 공사 소리를 들으며, 일찍부터 들이치는 환한 빛에 충혈된 눈을 뜨고는 꽉 잠긴 목소리로 남편을 깨웠다. 시멘트부대처럼 무겁게 잠들어 있는 남편의 몸을 흔들면 그는 놀란 듯이 눈을 떴다. 그 역시 하루 종일 점막에 달라붙어 있는 먼지로 인해 언제나 눈이 충혈 되어 있었다. 두 사람은 함께 집을 나서 공사판 근처에 다닥다닥 몰려 있는 천막 식당에서 국수나 튀김을 사먹은 뒤 각자 일하는 곳으로 헤어졌다가 종일토록 온몸에 짊어졌던 뙤약볕이 어깨 위에서 부드럽게 미끄러질 때쯤 집으로 돌아왔다. 저녁을 먹은 뒤엔 두 사람 다 자리에 눕자마자 잠이 들었다.

보도블록을 맞추거나 타일을 붙이거나 하는 그녀의 일이 시멘트부대를 지고 철판으로 된 허공의 길을 오르는 남편의 일보다 대개 먼저 끝났는데, 마당에서 씻고 있다가 대문으로 들어서는 그를 보면 그는 지상에서 내려와서도 보이지 않는 시멘트부대를 두세 개는 짊어지고 있는 듯이 어깨를 앞으로 굽히고 다리를 벌린 채 균형을 풀지 않았다.

비가 오는 날이면 어둑어둑한 방 안에서 하루 종일 잠을 잤다. 노인이 없고부터 그녀는 가끔 자신들이 천애고아들처럼 여겨지기도 했다.

지난밤에 시작된 빗소리가 새벽녘에 잦아졌다가 아침이 되자 다시 굵어졌다. 올 가을 들어 처음 불을 땐 아궁이에서도 타닥타닥 빗소리가 들렸다. 멀리서 깡, 깡, 하고 쇠들이 부딪히는 소리가 희미하게 들려왔다.

아침에 눈을 뜨자 그녀는 페이의 죽음을 다시 떠올리지 않을 수 없었다. 거세진 빗줄기가 창문을 흔들고 지나갔다. 페이의 죽음을 목격하고 그녀에게 이야기해 준 것은 남편이었다. 며칠 전 남편은 흙빛이 된 얼굴로 마당에 들어서서는 한동안 우두커니 서 있다가 "페이가 끝장났다"는 말을 중국어로 더듬으며 울음을 터트렸다. 그의 말에 의하면 페이는 전날에 허리를 삐끗한 상태로 평소와 같은 양의 시멘트부대를 짊어지고 철판 위를 오르다가 몸의 균형을 잃고 바닥으로 추락했다. 그때 그 역시 허리를 굽힌 채 시멘트부대를 짊어지고 있어서 페이가 떨어지는 모습을 직접 보진 못했다고 했다. 다만 그는 페이의 어- 하는 평범한 소리와 뒤이어 퍽, 하고 뭔가가 바닥에 부딪히는 소리를 들었다. 그가 여전히 고개를 들지 못한 채 몇 걸음 앞으로 나아가자 철판의 구멍 사이로 저 아래에서 뿌연 시멘트 가루가 풀썩풀썩 사방으로 솟구쳐 오르는 것이 보였다. 그는 동료들과 함께 페이의 시신을 집으로 옮겨주었고, 그녀와 함께 장례식에 다녀온 것이 어제의 일이었다.

"이거 봐."

남편이 옆에 누워있는 그녀를 불렀다.

"……."

그녀는 다시 잠들고 싶었다. 오늘 같은 날에는 비가 오지 않았대도 일어나지 않았을 것 같았다.

그녀의 대답이 없자 남편은 혼자 잠에서 깨어난 사람처럼 웅얼거렸다.

"나는 그 높은 델 매일 오르락내리락 하면서도 거기서 떨어지면 실제로 죽는다고는 한 번도 생각해 본 적이 없어."

그러고 보면 남편은 태어나서 마흔이 넘은 지금까지 한 번도

이 깡촌을 떠나본 적 없는 시골뜨기 농꾼이었다.

"이봐."

그가 다시 그녀를 불렀다.

"됐시다. 쓰잘 데 없는 생각 걷어 넣고, 한 잠 더 자고 일어나서 뭐 좀 먹으러나 가기요."

그녀가 벽 쪽으로 돌아누우며 말했다.

그는 한 번 더 그녀를 불렀다. 하지만 그녀가 아무런 대꾸를 하지 않자 그 역시 입을 다물었다.

잠시 후 그가 어두운 목소리로 중얼거렸다.

"우리 옥수수 밭도 없어지고, 이제 우리는 이런 일들만 하고 사는 건가?"

그녀는 고개를 돌려 남편을 쳐다보았다. 천장을 향해 있는 그의 둔한 콧부리가 어쩐지 안쓰러워 보였다.

"무슨 소리야요. 얼른 돈 모아서 식당 내야죠. 힘들어도 그때까지만 좀 참기요."

그녀가 위로하듯 말했다.

그러자 남편은 어두워진 눈빛으로 그녀를 쳐다보다가 "것도 마찬가지겠지" 하며 반대편으로 돌아누웠다.

다시 잠에서 깼을 땐 어느새 맑게 갠 하늘에 하루가 저물어가고 있었다. 그들은 차가워진 공기에 옷깃을 여미고는 공사 잔해들과 쓰레기들이 여기저기 쓸려 다니는 포장 중인 길을 걸어 공사판 근처의 식당으로 저녁을 먹으러 갔다. 식당에서도 다들 훠궈의 이야기뿐이었다. 그리고 또 집들이 헐릴 것이라는 이야기도 있었다.

⌒

봄이 되자 마을의 중심거리에 미관을 위한 화단이 조성되었다. 그녀는 인력 감독에게 들쭉 술을 쥐어주고 일자리를 얻어, 다리를 절뚝이며 도로변과 로터리에 나가서 꽃모종을 심었다. 메마르고 양분 없는 생흙에 모종을 옮겨 심고 나면 지나가는 차량들이 일으키는 먼지바람에 접시 같은 꽃잎들이 힘없이 흔들렸다. 차량의 대부분은 장백산 관광지로 향하는 것들이었다. 마을 개발의 애초 계획은 장백산 관광객들의 발길을 중간에 붙드는 것이었으나 예상대로 잘 되지 않고 있었다. 관광개발지구의 끝자락에 겨우 포함된 애매한 위치에다가, 원래 옥수수 벌판뿐이었던 마을에 볼 것이라고는 중급 정도의 호텔이나 주점들 외엔, 철거를 앞두고도 저녁마다 끈질기게 밥 짓는 연기를 뿜어내고 있는 붉은 기와지붕의 낡은 전통가옥들 뿐이었다. 처치 곤란한 쓰레기들이 여기저기 쌓여 있는 마을은 개발이 끝나기 전부터 이미 쇠락해가는 느낌이었다.

하지만 사람들은 마을의 이런저런 사정과 풍경에 아랑곳하지 않았다. 그들의 관심은 오직 일거리가 있는지가 전부였고, 그것은 그녀도 마찬가지였다. 그녀는 지난겨울 커다란 쇠판에 발을 찍히는 사고를 당한 이후로 처음 일을 나오게 된 것이라 정수리를 뜨겁게 달구는 직사열이나, 모래 알갱이들이 서걱거리는 황사

바람이래도 좋았다. 게다가 옥수수 밭을 판 돈과 일당으로 모은 돈과 철거 보상금을 전부 합쳐도 널뛰듯 오르는 부동산 값을 따라가기에는 한참 모자라 마음이 부쩍 급해져 있었다. 그 무렵 그녀의 남편은 동료 인부들을 통해 다른 고장의 건설현장을 알아보는 중이었다.

화단을 조성하는 일에 대한 보름치 임금을 받고 난 후 그녀는 오랜만에 읍내에 나갔다. 읍내도 빠르게 변하고 있어 사람들로 북적이는 거리마다 식당이나 노점상의 음식연기가 여기저기서 뿌옇게 피어올랐다.

처음에 그녀는 재미를 좀 볼까 하고 마작 판에 나왔으나 누적된 피로와 돈에 대한 걱정으로 판에 집중하지 못하고 푼돈을 몇 번 잃은 뒤 일찍 자리에서 일어났다.

"다리는 어째 그래?"

주점을 나서는 그녀를 보고 주인 여자가 물어왔다.

"일하다 다쳤죠, 뭐."

그녀가 대답했다.

"쯧쯧, 조심하잖구. 요즘 다들 다치고 병신 되고 난리야. 개발이니 뭐니 하면서 아무리 귀에 참기름 살살 발라줘도 우리 같은 사람들은 점점 더 살기 어려워지는 것 같아."

그러면서 주인 여자는 이 건물도 곧 헐릴 거라면서 시세를 한참 밑도는 보상금에 욕설을 퍼부었다. 그녀는 담배연기 자욱한 계산대에 서 있는 주인 여자에게 돈을 지불한 뒤 밖으로 나와 버스정류장을 향해 걸어갔다.

아직 해가 지지 않은 환한 거리에 차들이 여기저기서 경적을 울리며 정체되어 있었다. 사람들이 일정한 보폭으로 반듯하게 걷고 있는 인도에서 그녀만 한쪽으로 밀려난 듯 보도블록 모서리를 따라 절뚝이며 걷고 있을 때 뒤에서 빵- 하고 경적이 울렸다. 처음에 그녀는 그것이 자신을 향한 것이라고 생각하지 않았다가 곧이어 그녀의 옆에서 다시 경적이 울리며 차창 문이 내려지자 걸음을 멈추었다. 운전석에서 한 사내가 그녀를 향해 고개를 내밀었다.

"내 모르갔소?"

"누구……."

그녀의 기억에 전혀 없는 낯선 얼굴이었다.

"이런, 내는 뒷모양만 봐도 알갔구만" 이라고 말하며 사내는 짐짓 장난스러운 말투로 "안 내빼고 잘 살았나 보네" 라고 했다.

"아……."

그제야 그녀는 사내를 알아보았다.

"보통은 반년도 채 안 돼서 다시 연락 오는데, 아지미는 죽었는지 살았는지 아야 깜깜해서 기억하고 있었지. 이 아지미가 자기 절로 죽었나 했다구."

사내가 말했다.

그러고 보니 사내와 함께 하루 종일 고속도로를 달려 이 고장으로 온 때로부터 팔 년이라는 시간이 지나 있었다. 고산 지대의 언덕을 넘어올 때 감청색의 하늘에 어느 순간 스며있었던 커다란 보름달과 어둑어둑한 화전밭에서 피어오르던 연기는 아직도 뇌리에 남아 있었다. 마을에 도착한 후 버린 목숨으로 살 거라 생각했었던 그때가 까마득히 젊었던 시절처럼 느껴졌다.

“다리는 왜 절룩이나? 남자한테 맞고 사나?”

사내가 물었다.

“일하다 다친 거예요.”

그녀가 대답했다. 그리고 퉁명스럽게 덧붙였다.

“맞고 안 살아요.”

사내가 조금 웃었다.

사내가 다시 물었다.

“아직도 거기에 사나? 깡촌에?”

그녀가 대답했다.

“예.”

그녀는 자신을 향해 대답했다.

“아직 거기 살아요.”

내가 없는 곳에서 너는

작은 무대
무대장치는 없다
소품도 몸에 지닌 것 외엔 없다
무대에 필요한 장치들은 대부분 배우의 몸짓으로 표현되며
빛과 소리, 냄새와 공중의 부유물들,
그리고 배우의 연기가 어우러져
하나의 미술작품처럼 표현된다
마지막에 피아노 독주가 결합되어 극은 완성된다

이 극은
한때, 함경북도 온성의 탄광촌에 살았던 한 가족의 이야기다
그들은 두 지도자의 사진이 걸린 어둡고 밝은 방에서
서로의 이름을 부르며 살았으나
이제 그곳에 그들의 흔적은 없다
그들은 차례차례 모두 떠났으며
두 지도자가 굽어보던 방은 무너졌다

각 장은
집을 떠난 뒤 혼자가 된 각자의 이야기
내가 없는 곳의 너의 이야기다

제1막

제1장
영림
2000년 겨울

푸른 밤
희고 축축한 안개가 무대를 떠돈다
따듯한 공기
어디선가 나뭇가지 위에 얹혀져 있던 눈덩이 떨어지는 소리
처마 밑에 달린 고드름 끝에서 물방울이 또록
긴 간격을 두고 다시 한 번 또록
또 한 번의 간격을 두고 또록
작지만 일정하고 끈질긴 소리 또록
멀리 얼어붙은 강의 표면 아래에서도
물소리가 되살아나기 시작했으나
겨울의 균열을 알아챈 것은
강변 풀숲에 고개를 처박고 있는 물개리들 밖에 없다
한 떼의 물개리들 울음소리가 지나가고 나면
희미하게 들리는 발자국 소리
조그만 발이 뽀드득 뽀드득 눈을 밟는 소리 점점 커지며
작은 조명이 무대 왼편에서 걸어나오는 여자아이를 비춘다

머리를 양 갈래로 땋은 열 살 남짓의 여자아이
귀마개와 목도리, 두터운 외투에 제 등만한 등짐을 메고
유난히 새빨간 장화로 왼발 오른발 걸음을 세며
무대 가운데로 나아온다

영림 왼발 오른발 왼발 오른발 왼발 오른발 왼발 오른발

무대 한가운데 관객들을 향해 서서 꼭두각시 같은 몸짓과 말투로

영림 장화를 돌려보내신 김정일 장군님
여러분은 장화를 돌려보내신 김정일 장군님 이야기를
아십네까
내가 제일로 좋아라 했던 이야기야요

두 손을 나비처럼 펼쳐 가슴 앞에 갖다대며 이야기를 시작한다

영림 눈이 펑펑 내리던 날이었어요
나어린 김정일 장군님께서는 학교에 가려고
곱디고운 장화를 신고 집을 나섰답니다
멀리 동무들이 보였어요
나어린 김정일 장군님께서는 곱디고운 장화를 신고
반가운 동무들에게 막 내달아가셨지요
하지만 어찌된 일일까요

나어린 김정일 장군님께서는 동무들을 만나자마자
슬픈 표정을 지으시더니
다시 집으로 막 내달아가셨답니다
왜 그러셨을까요

정해진 대답의 시간이 있는 듯 잠깐 기다렸다가

영림 그래요
동무들의 신발이 모두 젖어 있었기 때문이었어요
나어린 김정일 장군님께서는 집으로 돌아와
동무들과 또옥-같은 신발로 갈아 신으시고는
그제야 기쁜 얼굴이 되어
동무들에게로 다시 내달아가셨답니다

정해진 침묵의 시간을 기다린 후
점점 시무룩해지는 얼굴
어색한 몸짓으로 멈칫멈칫 두 손을 내리며 고개를 떨군다

멀리 물개리떼 날아가는 소리

영림 하지만

고개를 든다

이제는 꼭두각시 연극같은 말투가 아닌 지금의 영림으로

영림 나라면
그렇게 하지 않겠어요
나라면
동무들에게 내가 신은 곱디고운 장화를 보여주고
너희들도 이렇게 곱디고운 장화를 신게 해주겠다고
말하겠어요
눈밭에 푹푹 빠져도 젖지 않고
얼음강을 디뎌도 발이 얼지 않은
빠알갛고 고운 장화를 너희 모두에게 사주겠다고
말하겠어요

자신의 빨간 장화를 내려다보고 나서

영림 나어린 장군님도 나처럼 말했다면
우리 오마니가 저 강을 안 건넜을 거야요
곱디고운 장화는 모두 저 강 너머에 있고
여기엔 젖은 신발 밖에 없으니까요
쉿?
해가 듣고 달이 듣는다고요?
보위부가 잡으러 온다고요?
괜찮아요 나도 저 강을 건너러 왔어요

명순아주마이를 졸라서
강가에 사는 노파의 집을 알아냈어요
우리 오마니가 간 곳을 노파가 알 거라 했어요
안된다고요? 어서 돌아오라고요?
걱정 말라요 꽁꽁 언 강이야요
오마니가 장맛비 속으로 사라진 뒤
겨울이 오길 기다렸어요
이 빨간 장화를 신고 오른발 왼발 오른발 왼발 강을 건너서
오마니를 만날 거야요
오마니도 나를 보면 반갑다 예쁜 아가야 하며
안아줄 게 틀림없어요
들어보라요 강가의 물개리들도 반갑다 울고 있잖아요

귀를 기울이자 물개리떼 날아가는 울음소리
무대 사방에서 안개가 짙게 흘러나오며 서서히 암전
어둠 속에서 오른발 왼발 오른발 왼발 영림의 목소리
점점 작아진다
뒤이어
처마 밑 고드름 끝에서 물방울 떨어지는 소리 또록
긴 간격을 두고 다시 한 번 또록
여전한 어둠 속
낡은 창호문 두드리는 소리
덜컹 덜컹 덜컹

뒤이어 영림의 목소리

영림　할멈-

물방울 떨어지듯 다시 한 번
덜컹 덜컹 덜컹

영림　할멈- 할멈-

잠시 후
무대 한가운데 켜지는 노란 알전구
그 아래
흔들리는 알전구를 달래며 일어서 있는 노파
무대 왼편에 서 있는 영림을 바라본다
노파라고는 하지만
배고픔이 칼춤을 추며 인민들의 키를 댕강댕강 잘라내기 전의
머리 하나는 더 달린듯한 장신의 풍채 좋은 옛 함경도 여자다

노파　뉘요?

영림을 바라보고 있으나 노파가 보는 건
창호에 비친 영림의 그림자
자세히 보니 조그만 그림자다

영림 문을 흔들며

영림 나야요

노파 나가 눠야? 귀신이면 썩 물러가

영림 계속 문을 흔들며

영림 나야요 영림이

노파 어림없다 몽둥이가 어디 있나

영림 겁먹지 말라요 할멈 나야요 영림이
온성 송씨아주마이 딸이란데요

노파 온성? 송씨?

영림 지난 려름에 할멈이 강을 건너 주었댔잖아요
브로까 박씨에게 넘겨 주었댔잖아요

노파 두 손을 허리에 얹은 채
영림을 뚫어지게 바라보며 생각에 잠긴다
영림도 호랑이 같은 체구의 노파를 뚫어지게 바라본다

이윽고 노파 허락한 듯 뒤돌아선다
노파의 기척을 어떻게 알았는지 문고리를 잡아당기는 영림
영림 빨간 장화를 벗어들고 방 안에 들어선 뒤 문을 닫는다
노파 무대 한가운데 꼿꼿하게 앉아 영림을 보고 있다
무대 앞쪽에 빨간 장화와 등짐을 내려놓고
노파 옆에 와 앉는 영림
모든 몸짓이 제 방인듯 자연스럽다
깜빡이는 알전구

노파 온성 송씨!

노파의 쩌렁쩌렁한 목소리에 툭- 처마 밑 고드름 떨어지는 소리
노파를 올려다보며 고개를 끄덕이는 영림

노파 요것 보니 알겠군
그래서?
강 건너 구경해봐야 소용 없네라
들여보내 준 건 따땃한 걸 품에 안고
하룻밤 잠 좀 푹 잘까 해서리야
날 밝으면 썩 돌아가

영림 고개를 가로저으며
무대 앞의 나란히 놓인 등짐과 빨간 장화를 가리킨다

영림 강을 건너려고

노파 메이야? 강을 건너겠다고?

영림 오마닐 찾아갈 거야요

노파 어디에 있는 줄 알고?

영림 장백산 아래 산골 마을
브로까 박씨가 오마닐 글루 데려갔다고
명순아주마이가 일러줬어요

노파 온성 명순이년!

노파의 목청에 다시 한 번 툭- 고드름 떨어지는 소리
영림 방문 쪽으로 귀를 기울인다

영림 밖에 누가?

노파 나둬 동장군 떠나간다
그래 명순이 고년이 온성 녀자들 쪽쪽 다 빨아먹고
겨우내 잠잠하더니 량식이 다 떨어졌나보구나
이제는 너 같은 아새끼까지 빨아먹는구나

그래 명순이 고년이 너에겐 얼마를 달라드냐?

영림 노파를 뚫어지게 바라보다가

영림 할멈 소용없시요
난 장마당 값이야요

노파 장마당 값이라니?

영림 장마당 저울이 괜히 있나요 근수대로 쳐주재이요
장마당 저울에 달면 난 어른의 절반값이라고요
명순아주마이도 네가 옳다 했어요
그러니 할멈도 박씨도 저울추 움직일 생각 말라요

노파 영림을 뚫어지게 바라보다가

노파 요것 봐라

영림 이래뵈도 저 등짐보다 두 배는 큰 짐을 메고지고
장마당 보따리 장사를 다닌 몸이야요

노파 꽃제비 날아왔나 했더니 요년 새끼구렁이로구나
그래봤자다 누가 강 건네줄 줄 알고?

그러자 영림 방바닥에 손을 대보며

영림 할멈도 그래봤자야요
명순아주마이 겨우내 잠잠했다면서요
동장군에 가마솥은 안 깨졌소?

노파 너도 온성의 석탄같이 속 새까만 년이로구나
네 어미만 순둥순둥 하늘에서 떨어졌나

어미 이야기에 순간 영림의 얼굴 천진난만하게 어두워진다

영림 맞아요…
우리 오마닌 하늘에서 내려온 선녀야요
하지만 큰오빠도 두고 작은오빠도 두고 아빠도 두고
나도 두고
선녀옷 찾은 선녀처럼 혼자 강을 건넜어요
곧 온다 했지만 난 알아요
저 강을 두고 하늘과 땅 차이인걸요
장마당이 학교란데요
그러니까 나도 저 강을 건널 거야요
강 건너 박씨에게 나를 데려다주라요

노파 절반값으로?

영림 절반값으로

서로를 뚫어지게 쳐다보는 영림과 노파
어디선가 포근한 밤안개가 방울방울 맺혔다가 떨어지는 소리 또록
영림의 숨결이 몰고 온 기이하게 따뜻한 겨울밤이다

노파 요년
자기절로 제 몸값 매기는 년이로구나
품에 안고 자도 장작값 받겠구나
나도 싹 입맛없다 새끼구렁이 같은 년

영림에게서 앵돌아앉는 노파
잠시 후
무대 앞에 놓인 영림의 등짐 쪽으로
노파의 고개 천천히 돌아간다
노파의 시선을 따라가보는 영림
두 사람의 시선을 한몸에 받고 환하게 밝아지는
등짐과 그 옆의 빨간 장화
노파 관객석을 바라보며 독백한다

노파 박씨도 나도 절반값
그러니까 둘이 합치면 하나값
그러니까 그 하나값이 저 안에 들었겠구나

순간 몸을 부르르 떨며 두 팔로 제 몸을 감싸안는 영림
노파 영림을 향해 천천히 돌아앉는다

노파 아가야 아까 리름이 뭐라 했지?
예쁘게 나야요 하면서리

갑자기 뱀의 혀처럼 미끈하게 휘감아도는 노파의 말투에
섬짓해지는 영림

영림 …김… 영림이…

노파 김영림이, 그렇지

영림 갑자기 리름은 왜서리…

노파 호랑이는 죽어서리 가죽을 남기고
사람은 죽어서리 리름을 남긴다는데

영림 그런데…

노파 아가는 죽으면 몸 하나값을 남기겠구나

무대 앞 영림의 등짐을 지긋이 바라보는 노파

노파의 시선을 다시 천천히 따라가보는 영림
잠시 후
화들짝 놀라며 노파에게서 떨어져 앉는다
숨을 할딱이는 영림

노파 왜 그러냐 예쁜 아가야
이렇게 따뜻한 겨울밤에 떨고 있구나
오늘 아침 화투패가 어찌나 좋던지
하루 종일 좋은 기별 기다리다가
고작 따뜻한 밤안갠가 했더니
그 속에서 네가 왔구나
따뜻한 아가야

영림 …추, 추워…

노파 저런
사시나무 떨듯이 떨고 있구나
이리 와서 안겨라 예쁜 아가야
몸을 녹여주마
이 할멈 인심도 좋지
녹여주고 재워주고
죽여주…

절로 나온 속마음에 화들짝 입을 틀어막으며
관객석을 바라보는 노파
노파에게 관객들은 선과 악의 방관자
입을 막았던 손은 곧 쉿- 하는 손가락 신호로 바뀐다
장수같이 큼직한 손과 각목같이 단단한 손가락의 노파
영림에게로 조금 더 다가앉으며

노파 녹여주고 재워주고
이 할멈 품에서 편히 자거라
래일 아침이 되면
하늘로 날아갈듯 편안해질테니
녹여주고 재워줘도
값도 안 받는 할멈이다
가없는 은혜가 장군님 빼닮은 할멈이다
아무렴

영림 장군님 빼닮은 할멈…

노파 아무렴
큰장군님 작은장군님 한평생 우러르며 살았더니
이제는 이 몸이 장군님 같구나
본받아라 본받아라 한평생 들었더니
이제는 이 몸이 장군님이다

이리 오너라
녹여주고 재워주고
편히 눈 감는 은혜를 베풀어주마

영림을 향해 팔을 활짝 벌리는 노파
알전구 요동치며 깜빡거린다

멀리 물개리떼 아우성치는 소리
배 주린 어느 가족이 모두가 잠든 깊은 밤에
강가 늪지에 몰래 나와
겨울 살옷 두른 통통한 물개리떼 향해
없는 힘을 다해 그물을 던지는 소리다

영림 실제로 눈앞에서 장군님 보는 듯 세뇌당한 목소리로

영림 장군님…

노파 오냐
내가 장군님이다
큰장군님 작은장군님
끓는 피 대대로 이어가며
너희같은 것들 먹여주고 재워주느라 깊은 밤 지새우는데
은혜를 모르고 내빼는 것들은 죽어 마땅하렷다!

동시에 더욱 빠르게 요동치며 깜빡이다가 꺼지는 알전구
칠흙같이 어두워진 무대
어둠 속에서 영림의 비명소리

영림 장군님!

철벅거리는 물소리
날개죽지 뒤엉키며 꽥꽥거리는 물개리들 울음소리
영림의 외마디 소리

영림 장군님!

노파 요것!

물개리 사냥1 여기! 여기! (소리만)

물개리 사냥2 잡아! (소리만)

노파 요것!

물개리 사냥3 이것들이! (소리만)

노파 요것!

물개리들 꽥꽥거리며 아우성치는 소리
물개리들 사냥하는 가족 물속에서 철벅거리며 뒤엉키는 소리

물개리 사냥4 그물! 그물! (소리만)

물개리 사냥2 잡아-! (소리만)

피처럼 검붉은 빛이 무대 앞의 영림의 등짐을 희미하게 비춘다
등짐의 윤곽만 드러날 정도로 아주 작은 빛이다
나머지는 여전히 칠흙같은 어둠 속 계속되는 아우성 소리

잠시 후
어둠 속에서 조그만 손 하나가 나와
검붉은 등짐의 윤곽을 끌어당긴다
곧이어 사라지는 검붉은 빛
어둠이 깊을수록 잔상도 짙기 마련
분명 고사리처럼 작은 손이었다

보이지 않는 어둠 속 계속되는 물개리들 비명소리
그물에 뒤엉킨 날개죽지 소리
물풀에 뒤엉킨 발자국 소리
하지만 더이상
노파의 목소리 들리지 않는다

점점 잦아드는 소리들

이윽고

멀리 파숫꾼의 호루라기 소리 길게 울려퍼지고

이에 복종하듯 세상천지가 고요해진다

파숫꾼의 호루라기 소리 다시 한 번 울려퍼지고

파숫꾼은 이 고요가 불복종의 위장술이라는 것을 알 리 없다

모두가 잠든 깊은 밤

물안개 피어오르는 따뜻하고 고요한 밤

만족한듯 멀어지는 파숫꾼의 마지막 호루라기 소리

이제 남은 건

어둠과 침묵 뿐

계속 이어지는 어둠과 침묵 속에서

무대는 마치 끝인지 시작인지 알 수 없는 궁창같다

무대로 서서히 흘러들어오는 물안개 냄새

물안개의 운행만이 겨우 보일 정도의 검푸른 빛이

무대에 스며들어

가득 피어오르는 물안개를 비춘다

아무것도 분간할 수 없는 검푸른 물안개의 어둠 속에서

이윽고 들리는

영림의 끊어질듯 이어지는 가느다란 목소리

영림 오른… 발… 왼… 발… 오른… 발… 왼… 발…

이래봬도… 이… 몸은…

오른… 발… 왼… 발… 오른… 발… 왼… 발…

이만한… 짐보따리… 너끈히… 이고지고…

오른… 발… 왼… 발…

이… 짐보따리… 속에는…

오른… 발… 왼… 발…

강 건너… 장마당… 가서… 팔아보려고…

못이요… 경첩이요…

식칼이요…

오른… 발… 왼… 발… 오른… 발… 왼… 발…

들리기 시작하는 영림의 발밑 얼음장 소리

두만강 얼음장 밑으로 먼 봄을 부르는 소리

끼이- 익- 끼이- 익-

영림 오른… 발… 왼… 발… 오른… 발… 왼… 발…

그러고… 보니…

오른… 발… 왼… 발…

할멈의… 리듬도… 몰랐구나…

오른… 발… 왼… 발… 오른… 발… 왼… 발…

호랑이… 같은… 할멈… 살가죽만… 남았구나…

끼이- 익- 끼이- 익- 끼이- 익- 끼이- 익-

끼이- 익- 끼이- 익- 끼이- 익- 끼이- 익-

영림의 목소리와 뒤섞이며

영림 오른… 발… (끼이- 익-) 왼… 발… (끼이- 익-)

나 어린… (끼이- 익-) 장군님께서는… (끼이- 익)

동무들의… (끼이- 익-) 젖은… 운동화를… (끼익- 끼익-)

오른… 발… (끼익- 끼익-) 왼… 발- (끼익- 끼익- 끼익-)

이상도… 하지… 꽁꽁… 언… 한겨울에…

(끼익- 끼익- 끼익- 끼익- 끼익- 끼익-)

동무들의… 운동화… 왜서리… 젖었을까…

오른… 발… (끼익- 끼익- 끼익- 끼익-)

이상도… 하지… 곱디고운… 내 빨간 장화…

왼… 발… (끼익- 끼익- 끼익- 끼익-)

왜서리… 젖어가나…

오른… 발… (끼익- 끼익- 끼익- 끼익-)

왼… 발… (끼익- 끼익- 끼익- 끼익-)

오른… (끼익- 끼익-)

끼이익- 끼이익-

끼이익-

끼익-

잠시 후

환하게 밝아지며
무대 한가운데 거꾸로 처박힌 채 놓여있는
영림의 빨간 장화
지저귀는 새소리
얼었던 강물 따뜻한 햇빛 속에서 차갑게 흐르는 소리
점점 커진다

제2장

지연

2007년 가을

불꺼진 무대의 어둠 속에서
푸르고 무성한 옥수수잎들
바람에 세차게 나부끼는 소리 들린다
수확이 끝난 지 오래지만
물러날 줄 모르는 뜨거운 태양 아래 여전히 짙푸른 옥수수밭
그러므로 북쪽 언덕을 타고 진군하기 시작한
차고 건조한 바람일지라도
옥수수잎들 바람에 휩쓸리는 소리 여전히 푸르고 싱싱할 것

뒤이어
무대로 흘러들어오는 건초 태우는 냄새
절해고도 같은 땅에서
누구의 간섭도 없이 연기를 피워올리는 드넓은 대륙의 냄새다
이처럼
바람이 옥수수밭 흔들어대는 가까운 소리와
건초 연기 피어오르는 먼 냄새는
이 장이 끝날 때까지 계속된다

이윽고
무대 벽면에 서서히 그려지는 빛과 그림자
이른 저녁의 황금빛 같은 조명과
장정처럼 일어선 옥수숫대 그림자들이다
바람소리에 따라 일제히 흔들리는 긴 팔들은
누군가의 그늘이 되어주기엔
너무 짙고 어둡다
이 황금빛 시간과 꿈결같은 공간의
밝고 어두운 형상 역시
이 장이 끝날 때까지 무대 벽면을 계속 물들이고 있다

벽면 빛의 도움으로
어둠이 차차 눈에 익으면
무대 가운데 어슴푸레 보이는 두 사람

나란히 누워있다
벽면의 빛 외에 다른 조명은 없으므로
그들이 누구였던지
그들을 알아볼 만한 것은 없다
그나마 보이는 건
머리 맡에 놓인 옷가지
발치에 놓인 옷가지
누런 속옷만 입은 반라의 두 남녀
갓난아이처럼 보잘것 없는 육체들이
옥수수밭 깊은 그늘에 누워있다
머리 위 옥수수잎들 사이로 언뜻언뜻 보이는 청명한 하늘
부끄럽지 않다
흘러가는 인생이다
지연 눈을 감은 채 무대 쪽으로 돌아누우며
꿈을 꾸듯 웅얼거린다

지연 리상도 하지… 그때 내가…
그쪽의 손을 잡고 불어난 강을 건너는데…
강물이 가슴까지 차올라도…
마치 숨이 멎은 사람처럼… 가슴이 고요해…
강물에… 검은 산그림자 비쳐 어둡고…
뒤돌아보는 그쪽도 어둡고…
저무는 동쪽하늘도… 우물처럼 차고 어두운데…

마음이… 참 푸근해…
앞으로 나아갈수록…
옷자락 끌어당기는 물살 거세지고…
돌뿌리에 미끄러져… 코요… 입이요…
매운 물 들이켜도…
리상도 하지… 웃음이 나왔소…
우리 영림이… 영호… 영훈이에게…
금방 돌아온다 했지만…
그때 난 알았지… 왜 아무도… 돌아오지 않았는지…
나쁜년들… 나쁜년들… 어미들은 싹 다 나쁜년들이야…

이어 지연 옆에 누운 남자
역시 꿈을 꾸는 듯한 말투로 웅얼거린다
오랜 세월 거친 모래바람에 목을 긁히며 살아온듯
굵고 상한 목소리다

남자 우리 오마니가 말하길…
내가 태어날 때 울음소리가 그렇게 우렁찼다는데…
늘상 그 얘기…
시뻘건 핏덩이가 어쩌면 그렇게 울음소리가…
아무렴… 나도 기억하지… 내가 태어날 때…
그래… 기억한다구… 나도 기억하고 있어…

지연 가도가도 옥수수밭…
한번쯤은 멈추고 쉬라도 뉘어줄 줄 알았는데…
목 축일 물 한모금 없이…
가도가도 끝없는 옥수수밭…
멀미가 나서 눈을 감았는데…
눈을 감아도… 가는 길이 훤히 보여…
리상도 하지… 마치 고향집 가듯…
언덕을 올라갔다 내려갔다…
떠오르는 달도 눈을 감고 보았소…

옥수수밭 부는 바람소리 계속되고 있다

남자 거짓말이 아냐… 생각해보라구…
세상 밖으로 그렇게 가차없이 쫓겨났는데…
기억이 안 날리가…
화가 나지… 오마니는 나를 혼자로 만들었어…
이 세상에 혼자 나왔다구…
그 생각만 하면 숨이 멎을 것 같아…
젖이든 숨이든… 닥치는 대로 집어삼키고…
닥치는 대로 울어제꼈지…
거짓말이 아냐… 기억이 나…
세상이 얼마나 고독한 것인지…

남자 지연 쪽으로 돌아누우며 한 팔을 지연에게 얹는다
하지만 남자도 지연도 서로에게 옥수수밭의 일부일 뿐이다
멀리서 흘러들어오는 건초 태우는 냄새
멀리선 저녁이 당도한 듯하지만 이곳은 아직 아니다
지연 미동없이 말을 잇는다

지연 새끼호랑이들 꿈을 꾸었소… 세 마리…
백호였는지 누렁이였는지 기억이 안나…
아무튼 세 마리…
산 속 계곡물에 발을 담그고 있는데…
새끼호랑이 세 마리…
하필이면 세 마리가… 언제 나타났는지 정신을 차려보니
내 종아리를 물어뜯고 있었소…
사과씨 같은 조그만 이빨들이 아프진 않고…
간지럽고 귀찮아… 그저 간지럽고 귀찮아…
꿈에서 깨어났는데…
아이들 리름이 갑자기 생각나지 않아…
남자애 둘… 여자애 하나… 그저 그것만…
입 벌리고 자고 있는 조선족 남편 옆에 누워
눈만 껌뻑껌뻑 하다가…
그러라지 하고 말았지…

남자 못 믿겠으면 귀때기 걷어치워…

난 생생하게 기억한다니까…
자장자장 놀리며 나에게 들이미는
외눈박이 도깨비같은 얼굴들…
저렇게 외눈박이로 혼자서 살아가는 세상이라니…
끔찍하고 무서워…
기고 걸으며 거울이란 거울은 다 깨고 다녔단데…
이 손을 봐…

남자 지연에게 얹었던 손을 허공에 들어보인다
옥수숫대 그림자에 겹쳐지는 남자 손의 검은 형체
무슨 일을 하며 살아왔는지 모를 도깨비 같은 손

지연 여전히 미동없이

지연 그런데 우리 영림이는 죽은 것 같아…

남자 여전히 손을 허공에 든 채

남자 닥치는 대로 깨고 부수고 깨고 부수고…
그러면 좀 나았지…
까마득해… 미친 놈이지…

손을 다시 지연에게 얹는 남자

알아챌 듯 말 듯하게 조금 더 짙어지는 조명빛
저녁이 발을 떼기 시작하는 듯하다

지연 한 해… 두 해… 어느새 칠 년…
이제는 셋 다 싹 이 어미 꿈에서 떠나갔소…
약속할 것 없지…
큰 애 영훈이 작은 애 영호… 우리 영림이…
리름 다시 잊을까봐 종이에 적어놓은 어미인걸…

남자 지연의 목소리 어렴풋이 들리는 듯

남자 영훈이… 영호… 영림이…
지금 여기가 어딘지 모르겠군…
사실 고백할 것이 있어… 렛날 일들 생생한 대신
지금 일들이 자꾸 깜깜이야…
생생해지는 만큼 깜깜해진단데… 이거 봐…
오늘도 빤쓰를 두 개나 입었잖아…

지연 더 자라 더 자 하며 날 귀해 하던 시어마이…
노망 나 누운 옆에 엎드려 앉아…
아이들 얼굴 노망난 것처럼 잊을까봐 그려보며…
이거 봐요… 저짝 아이들이야요…
야이는 영훈이… 야이는 영호… 야이는 영림이…

그런데 야이는 죽은 것 같소…
그러면 노망 나서 머리 밝아진 시어마이…
갈고리 같이 굽은 손가락으로…
내 배때기를 찌를 듯이 벌벌 떨며
내 아기 죽였지… 내 아기 죽였지…
그래도 조선족 남편 밭에서 돌아오면…
죽은 조개처럼 입 꾹 다물어줬소…
그 시어마이 지난 겨울 눈이 펑펑 내리던 날…
옥수수밭 한 바퀴 돌고 갔소…

남자 태어난 곳으로 돌아간다잖아 맞는 말이야…
그러려면 기억나야지…
헌데 이 대갈통은 박처럼 단단해 늘어날 줄 모르니
자꾸 비워내는 거야…
괜찮아… 일 없어… 다 쓰잘데기 없는 것들이야…
그보단 이제 거의 다 왔어… 다 기억이 난다구…
괜찮아 일 없단데…
한평생 왜 이렇게 살아왔는지 다 기억이 났다구…
오마니 나를 세상에 싸질러놓은 게 화나고 무섭고…
생생하게 기억이 났지…
그러니까 그렇게 깨고 부수고 깨고 부수고
마시고 마시고… 기차게 마셨지…
마시면서 곁눈질로 보니

오마니가 목 놓아 우는 게 지나가…
또 마시면서 감기는 눈으로 보니
언제 생겼는지 마누라 누구에게 맞았는지
퉁퉁 부은 얼굴로 지나가…
조금 있으니 아이들 울며 도망가…
그러다 정신을 차려보니
하나는 굶어죽고 하나는 파묻혀 죽고
마누라는 흔적도 없어…
아… 그런데 신기한 일이지…
무섭고 두려워했던 일들이 다 벌어지고 나니까
해야 할 일들을 다한 것처럼
마음이 편안해지더란 말이지…
그러니까 괜찮잖구… 할 일을 다 끝냈잖아…
자꾸 깜깜해지는 것도 괜찮아…
빤쓰를 두 개 입든 다섯 끼를 먹든 그게 뭐 대수겠어…
아… 그런데 오늘 이 아주마이 작은 아새끼
영호인지 용호인지
남조선 련락처를 안 가져왔군… 제기랄…

풍문이 지나가듯 아우성치는 검은 잎사귀들
조금 더 짙어지는 조명빛
각자 돌아갈 곳이 있는 시간이 성큼 서늘해진다
남자 향해 돌아눕는 지연

남자 지연의 등을 습관적으로 쓰다듬는다
알량하게 나누는 한뼘의 의미없는 체온이지만
그보다 더 의미있는 것도 없다는 듯 부는 바람소리
누렇게 바랜 속옷 너머로 들리는 지연의 목소리

지연 노친네 가고 나니…
소돼지나 먹는 이런 옥수수밭 팔아도 그만이라…
마을 입구에 빵빵 들어선 땅장사꾼들
이런 시세 없다는 말에… 덜컥 팔고 났더니…
평생 땅에 붙어살던 조선족 남편…
양쪽에 시멘트부대 날개 달고 매일 허공에 올라도…
이 미친년 옥수수밭 판 돈 보면…
자꾸 남조선에 가 있는 우리 작은 애가 생각 나…

남자 이 짓도 이제 그만 집어쳐야지…
식솔 버리고 줄행랑치는 년놈들 손잡고
산 넘고 물 넘고 사막 건너고…
이젠 지친 것 같아… 자꾸 낭패를 보는 걸…
이 아주마이 일도 봐…

자신의 넋두리에 스며든 지연의 눈감은 얼굴 바라보며
점점 눈빛이 흐릿해지다가
다른 상념에 빠져들고는 순간 벌떡 일어나 앉는 남자

남자 그 개새끼도 더 이상 못 참겠단데…
그 개새끼 나를 걱정해주는 척 하면서
내가 손을 떠는 걸 지그시 바라본다니까…
그 개새끼 나를 몰라 본때를 한 번 보여줄테다…
승냥이 같은 새끼 중간에 내 선을 잘라가는 걸
내가 모를 줄 알고…
두고 봐 그 웃는 낯짝에
불 잘 붙는 조선술 확 부어버리겠어…
아재요- 병원에 가보시라요- 아재요- 병원에 가보시라요-
개새끼 네놈 먼저 병원에 가게 할테다…!

조금씩 짙어가던 조명빛 남자를 비춰내지 못하고
무대 벽 옥수수밭 그림자와 겹쳐지는 남자의 검은 형상
삐쭉삐쭉 뻗친 머리와 구부정한 어깨가 바람에 흔들리지 않는다
남자 지연을 내려다보며

남자 제기랄… 영호인지 용호인지…

꿈밖으로 나온 남자와 달리 아직 꿈속을 거니는 지연

지연 남조선…
작은 애는 언제나 그렇게 손에 닿을 곳에 있었지…
땀이 뻘뻘 흐르는 눈빛으로 나를 언제나 간절히…

참외같은 두 아이 머리통 양 팔에 뉘여놓고…
잠 속으로 떼구르르 굴러떨어지길 기다리며…
뎃이야기 읊조리고 있자면…
큰 아이 꼭 숨을 거둔 것처럼 고요하고 가벼워서
자꾸만 돌아보는 걸…
작은 아이 제 형 질투 나 끈적거리는 목덜미가
뒤척뒤척 자꾸 무거워져도
그쪽으론 고개가 안 돌아가…
처음부터 그랬지… 어째서 그랬을까…
참외 속살처럼 샛하얀 얼굴의 우리 영훈이…
세상에 저 혼자밖에 없는 고아처럼 불쌍해
자꾸만 손길가고 눈길가고…
나 닮은 우리 영림이…
영림이가 나인 듯 내가 우리 오마니인 듯…
그저 그리워 언제나 품 안에 들여놓고…
그런데 작은 아이 영호
언제나 나를 바라는 애달픈 눈빛…
미워하게 될까봐
모른척 고개를 돌리곤 했던 것 같구나…
미친 세월에 미친년 정신을 차려보니…
오마니 가듯 영림이 가고…
큰 아이 흔적없이 사라졌는데…
작은 아이 여전히 무겁게 무겁게 내 팔에 놓여있네…

이제는 가야지… 가야지… 남조선…

남자의 검은 형상 지연을 내려다보고 있다

남자 영호인지 용호인지 쪽지를 어디다 두었더라…
깜깜하군 깜깜해…
사는 곳이 남해였나 동해였나…
아무튼 바다였던 건 기억 나…
그래 바닷가 고장이었던 건 확실해…
북쪽 꼭대기 마을에서 탄 뒤집어쓰며 살던 아새끼
구정물 씻으려고 거기까지 내려갔나…
그리 생각했던 게 기억 나…
또… 또… 그래… 배가 기억나는군…
깜깜한 밤 오징어잡이 배였나…
거기서 고기잡이 하고 있나…

남자의 삐죽삐죽 뻗친 머리통
앞쪽으로 기울어지며 골똘해지려다가 다시 고개를 들며

남자 아무려나…
이 아주마이 일어나서 넙데데한 얼굴로 물어보면
바다요 고기잡이요 아쉬운 대로 둘러대고…
이 값으론 안되겠다 더 가져와야 보내준다 으름놔서

바람부는 옥수수밭 또 한 번 불러내지 뭐…
아무려나… 한 세상 꿈 같아…
바람부는 옥수수밭이란데…

남자 지연을 흔들어 깨우기 시작한다

남자 이봐 아주마이- 그만 일어나라우- 이봐- 아주마이-
그만 일어나- 이봐- 그만 일어나라니까-
이런 제길- 여기서 날샐 참인가- 이봐-

흔들리는 옥수수밭 어둡다
미동없는 지연

남자 이봐- 아주마이- 이봐- 이봐-

여전히 미동없는 지연
뒤섞이는 바람소리
흔들리는 옥수수밭
남자
지연
모두 어둡다

제3장

영호

2012년 여름

무대의 어둠 속에서
해변의 모래알 부드럽게 쓸어내리는 파도 소리 들린다
흰 포말을 이끌고 소리없이 밀려왔다가
조용히 뒤집어지는 파도 소리
그 위로 하늘 높이 떠오르는 갈매기떼의 날갯짓 소리
뒤이어 먼 뱃고동 소리
마치 다시는 돌아오지 않을 것처럼
길고 아득하게 울린다
흰 포말과 흰 날개와 흰 뱃전의 이 모든 소리들이
한낮의 인적없는 해변에 누워 듣는 것처럼 평화롭다
하지만 이 도저한 평화는
누군가의 꿈이었을까
불식간에 꿈을 뚫고 들려오는 자명시계 소리처럼
느닷없이 들려오는 크고 날카로운 굉음들
거대한 쇠가 맞부딪히며 공명하는 소리
지게차가 엄살떨듯 울려대는 요란한 사이렌 소리
대형 크레인이 서서히 돌아가는 소리
그리고 치켜드는 코끼리의 앞발처럼

주위를 압도하며 뿜어져나오는 뱃고동 소리
이 모든 소리들은
통영 앞바다 인근의 주민들이 일상적으로 참아내고 있는
동명해양중공업 조선소 현장의 소리다
무대의 어둠 속에서 소리들은 더 극대화된다
하지만 그것 역시
누군가의 꿈이었을까
기계의 전원장치 내리듯 느닷없이 단번에 그치는 소리들
분간없이 침묵에 빠진 어둠 속에서
잠시 후
아쉬운 듯 텅 빈 쇳소리가 바닥으로 두어 번 떨어진 뒤
무대와 관객석으로 흘러들어오는
덥고 습한 공기와 검은 쇳기름 냄새
이제부터는 꿈이 아닌
현장이다

투쟁-!
하며 어둠 속에서 외치는 선창을 신호로
무대의 모든 조명이 일제히 켜지면
동명해양중공업 노동자들의 파업 현장이 드러난다
무대와 객석 사이 바닥에
회색 작업복과 남색 조합원 조끼를 입은 사내들이
두 다리를 크게 벌리고 주먹 쥔 한 팔을 높이 쳐들고 있다

한낮의 작열하는 태양처럼 밝은 조명과
무대 밑 객석과의 가까운 거리로 인해
새까맣게 그을린 얼굴들에 맺힌 맑은 땀방울들을
헤아릴 수 있을 듯 하다
무대 위에는
똑같은 작업복과 조끼를 입은 사내 하나가
역시 두 다리를 벌린 채 주먹 쥔 한 팔을 높이 쳐들고 있다
조명이 내리꽂히는 무대 위 사내의 음영 짙지만
무대 밑 사내들의 근경 너머 그는 원경이다
이윽고 무대 밑 가운뎃 사내가 선창을 외치면
모두 제창

지회장 승리의 그날까지 끝까지-!

모두 끝까지-!

지회장 투쟁-!

모두 투쟁-!

이어 모두 다함께 단결투쟁가 합창
불끈 쥔 주먹들이 투쟁가의 마디마디를 가른다

모두　동트는 새벽 밝아오면 붉은 태양 솟아온다
피맺힌 가슴 분노가 되어 거대한 파도가 되었다
백골단 구사대 몰아쳐도 꺾어버리고 하나되어 나간다
노동자는 노동자다 살아 움직이며 실천하는 진짜 노동자
너희는 조금씩 갉아먹지만 우리는 한꺼번에 되찾으리라
아- 아- 우리의 길은 힘찬 단결투쟁 뿐이다

수천의 산맥 넘고넘어 망치되어 죽창되어
적들을 총칼 가로막아도 우리는 기필코 가리라
거짓선전 분열의 음모 꺾어버리고 하나되어 나간다
노동자는 노동자다 살아 움직이며 실천하는 진짜 노동자
마침내 가리라 자유와 평등 해방의 깃발 들고 우리는 간다
아- 아- 우리의 길은 힘찬 단결투쟁 뿐이다
아- 아- 우리의 길은 힘찬 단결 투쟁 뿐이다

그러자 멀리서 들려오는
도무지 알아들을 수 없는 뭉개진 확성기 소리
그들이 원하는 건 대화가 아니다
그렇지 않다면
이들의 152일째의 외침에
단 한마디라도 알아먹는 소리를 내주었을 것이다
무대 밑 가운뎃 사내
지회장의 멍에를 목에 걸머메고

오늘도 강철같은 슬픈 목소리로 외친다
그도 더이상 사측을 상대하지 않는 듯 하다
뜨겁게 달구어진 8월의 쇠공이 걸려있는 하늘을 상대로
외치고 있다

지회장 조합원 동지 여러분-!
오늘도 뜨거운 외침으로 시작하겠습니다-
승리의 그날까지 끝까지 투쟁-!

모두 투쟁-!

지회장 투쟁-!

모두 투쟁-!

지회장 감사합니다-
동지들의 식지 않는 투쟁 의지에 힘이 납니다-!

지회장의 시야에
눈에 띄게 줄어든 조합원들과
저 멀리 망망한 바다가 걸려있다
하지만 굵고 정직한 지회장의 목소리 흔들리지 않는다

지회장 오늘로 저들의 노조 탄압에 맞서-
민주노조 사수투쟁에 나선 지 152일-
김영훈 동지가 크레인에 오른 지 152일-
그리고-
저 위에서 여기 땅에서-
생명을 건 단식투쟁 18일째-
그것은-
저들의 악랄함이 세상에 드러나는 152일-
저들의 살인행위가 죄값을 더해가는 18일-
그것은-
저들이 역사의 심판대 앞에 서는 날까지-
저들 앞에 차곡차곡 쌓이고 있는
형벌의 시간일 것입니다-
조합원 동지 여러분-
여러분도 아실 것입니다-
온갖 훼방과 박해를 뚫고-
우리의 민주노조를 설립한
2009년 그 벅찬 11월 그때로부터-
최소한의 생존권을 위한 우리의 소박한 요구-
인간답게 살고 싶다는 우리의 간절한 외침-
우리의 정당한 쟁의 행사를-
노조법 2, 3조를 휘두르며-
짓밟고-

쫓아내고-

14억 손배 가압류-

그뿐이 아닙니다-

친자본 정권 아래 만들어진

복수 노조 창구 단일화 조항이

비열하게 우리를 흔들어놓고 있습니다-!

하지만 동지 여러분-

저는 알고 있습니다-

여러분의 바위같은 심장과-

강철같은 주먹-

용광로처럼 끓어오르는 피로 맺어진 동지의 맹세가-

저들의 폭압과 악-

저들의 간계와 악-

저들의 자본과 악-

저들의 모든 악을 격파하고

노동해방 자본해방 인간해방-

그리하여 마침내 어둠에서 빛으로-

새로운 새벽을 열어젖힐 수 있으리라-

그렇게 저는 생각합니다-

한껏 고조되다가 그렇게 저는 생각합니다 하며

갑자기 낮아지는 지회장 특유의 말투

그의 선한 눈꼬리 같다

그의 선한 눈길이 멀리 바다 위에 유령처럼 멈춰있는
선체를 훑은 뒤
여기 뜨거운 아스팔트 위에 납작하게 앉아있는
조합원들의 머리 위로 내려앉는다
단식으로 지친 몸 마지막 힘을 내는 지회장

지회장 새벽이 가까울수록 어둠이 더욱 짙다 합니다-
사랑하는 조합원 동지 여러분-
많이 지치고 힘들 것이라 생각됩니다-
하지만 저희들
저 위에서 여기 아래서
목숨을 건 단식투쟁으로 앞장서고 있으니
승리의 그날까지 끝까지 함께 해 주십시오
할 수 있겠습니까-!

모두 투쟁-!

지회장 할 수 있겠습니까-!

모두 투쟁-!

지회장 고맙습니다-
함께 어둠 속에서 손을 잡고-

함께 새벽을 맞이할 그날까지-
끝까지-
투쟁-!

모두 투쟁-!

지회장 투쟁-!

모두 투쟁-!

지회장 투쟁-!

모두 투쟁-!

있는 힘을 다하는 지회장의 외침
하지만 그 목소리 눈을 감고 듣는다면
울고 있다고 여길 수도 있을 것이다
지회장의 말이 끝나자
기다렸다는 듯 다시 들려오는 확성기 소리
지회장의 말을 모두 듣고도
그에 대한 응답은
여전히 알아먹을 수 없는 뭉개진 확성기 소리
점점 증폭되기만 한다

오늘도 변함없이 계속되는 일상
지회장과 양 옆의 집행 간부들
서 있던 그 자리에서 가부좌를 틀고 앉아
투쟁가를 부르기 시작한다
무대 한가운데
뜨겁게 과열된 조명들을 모두 받아내며
우두커니 서 있던 영호
팔을 치켜들고 박자를 맞추며 함께 투쟁가를 부른다
하지만 저 높은 크레인 위 영호의 목소리
어떻게 섞이는지 알 수 없다

모두 민주노조 깃발아래 와서모여 뭉치세
빼앗긴 우리 피땀을 투쟁으로 되찾으세
강철같은 해방의지 와서모여 지키세
투쟁속에 살아있음을 온몸으로 느껴보세
단결만이 살길이요 노동자가 살길이요
내하루를 살아도 인간답게 살고싶다
아 민주노조 우리의 사랑 투쟁으로 이룬 사랑
단결투쟁 우리의 무기 너와나 너와나
철의 노동자

투쟁가가 끝나자
이어지는 하늘의 외침

영호의 차례다
주먹 쥔 한 팔을 높이 치켜든 채
반대편 손에 들려있던 확성기를 입에 댄다
이윽고 지글거리며 들려오는 확성기 소리
크레인 위에서 울려퍼지는 영호의 목소리다

영호 김영홉니다-
투쟁으로 인사드리겠습니다-
투쟁-!

모두 투쟁-!

영호 투쟁-!

모두 투쟁-!

몇천 피트의 상공을 날고 있다는 말을 가볍게 해버리는
비행기 조종사처럼
가볍고 담담한 영호의 스피커 소리
하지만 저 아래 구호 소리는 여전히 쇠공처럼 무겁다
멀리 부러운 뱃고동 소리
영호의 시선 바다를 향한다

영호 봄에 올라왔습니다
여름입니다
모두들 걱정해주시지만 괜찮습니다
여기에 올라와 있으니 오히려 마음이 편합니다
아침에 눈을 뜨고
해가 중천에 뜨면 동지들의 목소리가 들립니다
오후를 견디고 나면
금새 저녁이 됩니다
하루가 금방입니다

영호의 확성기 끝에 따라붙는 저들의 여전한 확성기 소리
어디선가 새들이 몸을 부딪히는 텅빈 철의 울림
표정이 보이지 않을 만큼 새까만 영호의 얼굴

영호 밤은
밤은 더 짧습니다
낮보다 더 금방입니다
남들은 어둠이 길다고 하지만
밤에 깨어있어 보면 압니다
언제부터 어둠이 걷히기 시작하는지
언제부터 어둠에 묶인 배가
모습을 드러내는지 말입니다
그러니 동지들

힘내십시오-!

어둠이 짧다는 것을 부디 믿으십시오-!

멈춰진 조선소의 한낮

뜨거운 바람 불어온다

막내아들처럼 작은 몸집의 영호

크레인 위에 앉은 작은 새 같다

확성기 속 영호의 믿음 계속된다

영호 비디오에서 한 열사의 추모식을 본 적이 있습니다

거기서 동지들은 열사를 살려내라는 피켓을 들고

열사를 살려내라고 외치고 있었습니다

동지들은 저들에게 그것을

진짜로 요구하고 있었습니다

저는 세상에서 그보다 더 절망적인 요구를

들어본 적이 없습니다

제가 남조선에 와서 노조를 하며

보고 들은 모든 요구 중에서

가장 절망적인 요구였습니다

동지들-!

절망을 요구하지 마십시오-!

절망과 협상하지 마십시오-!

저들과의 투쟁보다 더 중요한 건

우리 자신과의 투쟁-!
절망과의 투쟁입니다-!
교회에서 하는 말을 들은 적이 있습니다
겨자씨 만한 믿음이 있으면
산을 옮길 수 있다고 했습니다
예수라는 사람도 당시에 우리같은 노동자였습니다
동지들-!
겨자씨 만한 믿음이 있으면
절망을 이길 수 있습니다-!
촛불 하나가 어둠을 이깁니다-!
동지들-!
힘내십시오-!
희망을 놓지 마십시오-!
그렇게 할 수 있습니까-!

모두 투쟁-!

영호 그렇게 할 수 있습니까-!

모두 투쟁-!

영호 감사합니다 투쟁-!

모두 투쟁-!

연설이 끝난 뒤 숨을 몰아쉬는 단식 18일째의 영호
하지만 아래에선 언제나 변함없어 보이는 영호의 담담한 모습
어느 누군가는 지치지 않는 그의 젊음을 부러워하며
가슴 깊숙이 접어둔 노조 탈퇴서를 가만히 눌러보기도 할 것이다
영호의 연설로 마무리되는 오늘의 중식 집회
무대 아래 가부좌를 틀고 앉아있던 지도부들
모두 일어서서
한 팔을 높이 치켜들고 투쟁가를 합창한다

모두 흩어지면 죽는다 흔들려도 우린 죽는다
하나되어 우린 나선다 승리의 그날까지
지키련다 동지의 약속 해골 두쪽 나도 지킨다
노조 깃발 아래 뭉친 우리 구사대 폭력 물리친 우리
파업투쟁으로 뭉친 우리 해방깃발 아래 나선다
흩어지면 죽는다 흔들려도 우린 죽는다
하나되어 우린 나선다 승리의 그날까지
승리의 그날까지

투쟁가가 끝난 뒤
쳐들었던 팔뚝들이 내려진 뒤
자리를 떠나는 뒷모습들을 배웅하던 시선들이 거두어진 뒤

힘찼던 어깨들이 축 쳐진 뒤
그 모습들 그대로 남겨둔 채
모든 조명들이 서서히 암전된 뒤

어둠

영호의 말대로 어둠은 짧다
잠시 뒤
다시 일제히 켜지는 조명들
그러자
모두들 첫 장면과 똑같이
주먹쥔 한 팔을 높이 치켜들고 있다
153일째 되풀이되는 오늘이다
어제와 다른 것이 있다면
출력을 한껏 높인 저들의 확성기 소리
그로 이해 이번에는
노동자들의 모든 외침 구호 노래
도무지 알아들을 수 없다
152일째와 똑같은 몸짓과 함께 똑같은 외침 구호 노래가
확성기 소리에 파묻힌 채 재생된다

지회장 ### #### ###-!

모두 ###-!

지회장 ##-!

모두 ##-!
####
###
###
###
#####
#- #- ### ## ## ## ## ###

####
###
###
###
##
#- #- ### ## ## ## ## ###
#- #- ### ## ## ## ## ###

지회장 ### ## ###-!
#######-
##-!

모두 ##-!

지회장 ##-!

모두 ##-!

지회장 #####-

###-!

##-

####-

####-

###-

###-

####-

###-

####-

###-

###-

###-

####-

###-

####-

##-

#####-

##-

##-

###-

####-

###-

####-

###-

####-

###

####-!

###-

####-

###-

##-

###-

#-

#-

#-

####-

###-

####-

#####-

###-

###-

#####-

###

###

###

####

#####-!

모두 ##-!

지회장 # # #####-!

모두 ##-!

지회장 #####-

##-

####-

###-

##-!

모두 ##-!

지회장 ##-!

모두 ##-!

지회장 ##-!

모두 ##-!

###

####

###

####

####

####

##

###

###

영호 #####-

########-

##-!

모두 ##-!

영호 ##-!

모두 ##-!

영호 ## ######

#####

#####

####

##

####

##

###

#####

##

####

#####

###

###

#####

####

###

#####-!

#####-!

######

##

#####

#####

####

###

######

###-!

####-!

####-!

#

##-!

#####-!

####

####

#######

###-!

####-!

####-!

###-!

#####-!

####-!

####-!

모두 ##-!

영호 ### # # ####-!

모두 ##-!

영호 ##### ##-!

모두 ##-!

###

####

###

##

###

###

####

####

투쟁가가 끝난 뒤

팔뚝들이 내려진 뒤

시선들이 거두어진 뒤

어깨들이 쳐진 뒤

극에 달했던 확성기 소리 그치고

책상에 구둣발을 올려놓았던 노무부장 의자를 밀치는 소리와
철수하는 부하들의 발자국 소리 들린 뒤
다시 암전되는 무대

어둠
내일 외의 날들은 생각할 수 없는 짧은 어둠
곧이어 다시 밝아지는 무대
오늘도 다름없이
주먹쥔 한 팔을 높이 치켜들고 있다
154일째의 이 하루는
남쪽바다 끝 조선소 노동자들의 소식을
한 번도 접해본 적 없는 사람들에게 헌정하는 것으로
이들의 외침 구호 노래는 물론이고
방해하는 확성기 소리도 없이
완전한 침묵 속에서
입만 벙긋거리는 모양으로 재현된다

지회장 ### #### ###-!
모두 ###-!
지회장 ##-!
모두 ##-!
####
###

###

###

#####

#- #- ### ## ## ## ## ###

####

###

###

###

##

#- #- ### ## ## ## ## ###

#- #- ### ## ## ## ## ###

지회장 ### ## ###-!

#######-

##-!

모두 ##-!

지회장 ##-!

모두 ##-!

지회장 #####-

###-!

##-

####-

####-

###-

###-

####-

###-

####-

###-

###-

###-

####-

###-

####-

##-

#####-

##-

##-

###-

####-

###-

####-

###-

####-

###

####-!

###-

####-

###-

##-

###-

#-

#-

#-

####-

###-

####-

#####-

###-

###-

#####-

###

###

###

####

#####-!

모두 ##-!

지회장 # # #####-!

모두 ##-!

지회장 #####-

##-

####-

###-

##-!

모두 ##-!

지회장 ##-!

모두 ##-!

지회장 ##-!

모두 ##-!

###

####

###

####

####

####

##

###

###

영호 #####-

########-

##-!

모두 ##-!

영호 ##-!

모두 ##-!

영호 ## ######

#####

#####

####

##

####

##

###

#####

##

####

#####

###

###

#####

####

###

#####-!

#####-!

######

##

#####

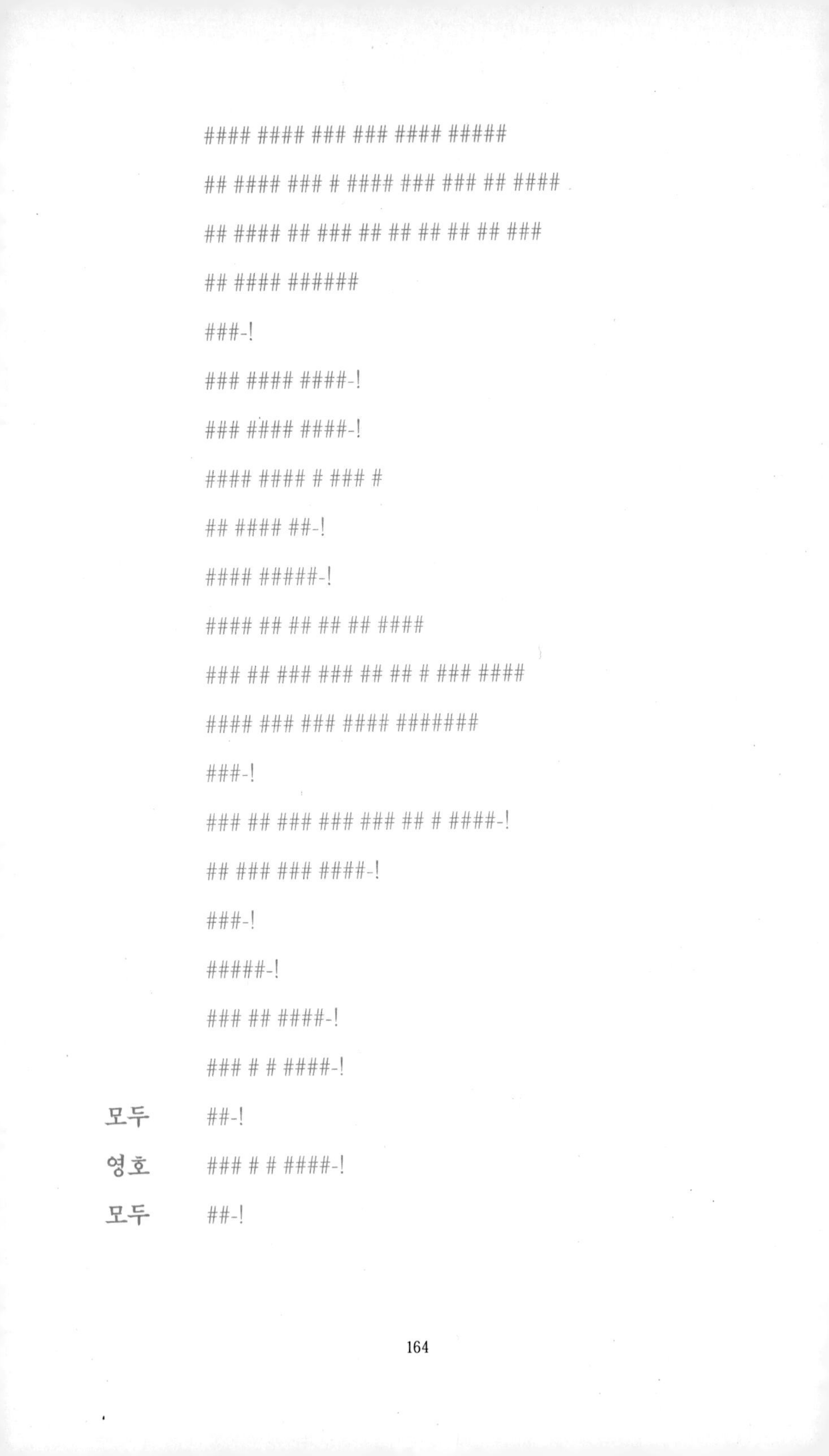

#####

####

###

######

###-!

####-!

####-!

#

##-!

#####-!

####

####

#######

###-!

####-!

####-!

###-!

#####-!

####-!

####-!

모두 ##-!

영호 ### # # ####-!

모두 ##-!

영호 ##### ##-!

모두 ##-!

###

####

###

##

###

###

####

####

들리지도 않으면서 시끄럽고

보이지도 않으면서 방해되고

내용도 모르면서 뻔한 이야기

끝나고 난 뒤

주먹 쥔 두 팔을 치켜든 팔뚝들

굳게 벌린 다리들

직진하는 시선들

그대로 멈춰진 채

조명들

백색에서 황금빛으로

다시 붉은 빛으로 바뀌다가

서서히 암전

제4장

한수

2017년 봄

아지랑이처럼 희부윰한 조명이 비치고 있는 텅 빈 무대
남쪽나라 소식을 몰고 온 작은 새들의 지저귐과
얼었던 시냇물 다시 흐르는 소리
봄은 언제나 이렇게 전형적으로 오고
잠시 후
계절 모르고 살아가는 전형적인 사람들 무대에 등장
처음엔
닳아빠진 작업복을 입고 함마와 삽 등을 어깨에 짊어진
두 명의 공사 인부
무대를 가로지른 뒤 한쪽 구석에 자리를 잡고
말없이 일을 시작한다
함마를 휘두르는 몸짓에 맞춰
벽돌담 무너지는 소리 판자 지붕 내려앉는 소리
어느 새 봄의 소리들 분진처럼 날아가고 없다

이어서
머릿수건을 두른 젊은 아낙네
밥상을 들고 나와

다른 편 구석에 자리를 잡고 앉은 후
무대 뒷편을 향해 손짓하자
곧 뒤따라나오는 식솔들
젊은 아비와 까까머리 두 아들과 어린 계집애
밥상 앞에 머리를 맞대고 앉는다
벽돌담 무너지는 소리 판자지붕 내려앉는 소리에도 아랑곳없이
묵묵히 수저를 드는 가족들
빈 그릇 긁어대는 무서운 소리는 다행히 없다

그 뒤로
허공을 향해 구릿빛 늙은 얼굴을 한껏 쳐든 여자
무대 가운데로 걸어나와 앞쪽 끝에 걸터앉는다
가까이 보니 눈을 감은 채 미소를 짓고 있다
곧이어
두 손등을 앞으로 내밀어 흔들기 시작하는 여자
바닥에 닿지 않는 두 다리가 저절로 흔들리고 있다
여자가 집 앞 담벼락에 하루도 거르지않고 나와
되풀이하는 의식으로
매일 신과의 접촉에 성공하는
세상에서 가장 행복한 여자다

이로써
함경북도 온성의 탄광마을을 한 번도 떠나본 적 없는 사람들의

뿌연 잿빛의 봄날 오후가 완성된다
조명이 한쪽으로 서서히 기울어지며
짙어지는 음영들 사이로 뿌연 분진가루 흩날린다
나라에서 온탄지구 살림집 1천 세대 공급계획이 발표되고
커다란 쇠주먹 오그린 포크레인들이
산길을 짓뭉개며 올라온 이래
한 번도 맑은 공기 맡아본 적 없는 날들이지만
자본가를 물리치고 세운 노동자의 나라에서
공해와 폐수, 탄가루와 스모그, 방사능과 화학물질의
활기찬 기운에 대해
나쁘게 생각하는 사람은 아무도 없다
매캐한 채 서늘해지는 공기 속에서 울려퍼지는
높은 곳의 스피커 소리

위대하신 김정은 동지의 뜻을 받들어 오늘도 가열차게 달려나간
우리 린민들의 로고에 대해…

오늘도 변함없이 반복되는 소리
분진처럼 흩어지다 사라지고
일하고
먹고
미친
마을을 한 번도 떠나본 적 없는 사람들 사이로

분진에 섞여 날아드는 살구꽃잎들
이렇게 하루가 이대로 아무 이야기도 남기지 않고
무대에서 저물어가려는 순간
객석 뒷편에서
무대를 향해 지친 발걸음으로 걸어내려오는 한 사내
짧은 흰머리와 해진 겨울옷에 낡은 가방 하나 둘러메고
나그네처럼 고향을 찾아가는
얼마 전까지 이름 대신 수형번호 8544로 불렸던 한수
그 이름이 영훈 영호 영림이라는 이름 만들어냈으나
정치범수용소의 혹독한 징역살이에
이름들 모두 머릿속에서 지워져버리고
오직 큰아들 영훈의 마지막 모습과
그애가 가져왔던 정체 모를 돈가방을
살구나무 아래 파묻은 흐릿한 기억
다시 파내기 위해
흐릿한 고향길 되새기며 좁은 통로의 내리막길 힘겹게 걸어
마침내 다다른 무대 앞
하지만 마을 어귀에서 한수를 맞이하는 건
무대 끝에 걸터앉아 허공을 향해 빛나는 얼굴을 들고
두 손등을 앞으로 내밀어 흔들고 있는 미친 여자
정치범수용소에서 흔한 치들이라 놀랄 것도 없어
잠시 물끄러미 쳐다보다가 무대에 오르자
재개발 계획에 철거 중인 마을 묘사하듯

우르르 집 무너지는 소리와
한차례 휘몰아치는 매캐한 분진 바람
멈칫거리는 발걸음으로 무대 가운데로 나와
우두커니 서는 한수
저편의 인부들과 이편의 가족들을 한 번씩 쳐다보곤
다시 우두커니
저편과 이편 사이의 공간들을 쳐다보다가
다시 우두커니
매캐한 분진 바람에 터져나오는 기침
한동안 저항하다가 고개를 들자
붉어진 눈시울
저물녘의 하늘과 어우러진 채
다시 우두커니
하지만 이대로 아무 이야기도 남기지 못하고
그림자로 저물기 전에
서두르려는 한수
살구나무 그림자가 방안으로 손을 뻗던 그 집을 찾아야 한다
혹은 살구나무 잔뿌리만 남았을지 모를 그 집터를

이에 곧
발걸음을 떼는 한수
이편의 가족에게 다가간다
담 헐린 집 마루에 나와 말없이 수저질을 하는 가족

한수가 곁에 가도 고개 하나 드는 이 없다

한수 보시오… 이보시오…

말을 붙여도 역시 고개 하나 드는 이 없다
남루한 나그네 입 먹여줄 생각 추호도 없기 때문이다

한수 여기 혹시 살구나무 있던 집이…

젊은 아낙 서둘러 비운 밥그릇 들고 일어나
한수를 거들떠도 보지 않은 채 무대 뒤로 들어간다

한수 십수년 만에 고향에 왔더니…
다 부서져서 어디가 어딘지… 그러니까…

곧이어 젊은 아낙의 뒤를 따라
한수를 팔랑팔랑 지나쳐가는 계집아이
어미가 하던 대로만 따라하는 아이다
한수 말을 잇는다

한수 이 마을 사람이라면… 누구나 다 아는데…
살구나무집 큰아들…
피아노를 하도 잘… 그래서 로씨야 류학 간

그 아들 말이오…

남은 가족 중 유일하게 한수를 올려다보는 작은 사내아이
하지만 짓궂은 눈 반짝이는 것도 잠시
해 남은 동안 놀 생각 뿐
벌떡 일어나 무대 저편 인부들에게로 달려가
그 옆에 쪼그리고 앉아 흙장난
이제 가장과 장남만 남은 밥상
물끄러미 바라보다가 회한에 잠기는 한수

한수 나도… 이럴 줄 알았지 소리없이 숨죽여 살면…
밥상 앞에 식구들 모아놓고… 한평생 살 줄… 알았지…
큰아들이 큰아들 잇고… 큰아들이 큰아들 잇고…
그럴 줄 알았지…

큰 사내아이 고개를 들어
젊은 아비의 정수리로 향하는 허공 같은 눈길
잠시 후
젊은 아비 수저를 놓고 고개를 들자
언제나 옥죄는 그 눈길 피하려는 듯
서둘러 밥상을 들고 일어서서
곧 무대 뒤로 사라지는 큰 사내아이
이제 홀로 남은 젊은 아비

젊은 시절의 한수처럼 입 없이 사는 사람인 듯 묵묵
한수 그를 내려다보며 중얼거린다

한수 당신 탓이… 아니야…

젊은 아비의 침묵
아비들의 침묵 알고 있는 한수
곧 뒤돌아서서
텅 빈 마당을 지나 허물어진 담을 넘어
돌무더기를 피하는 듯한 발걸음으로 무대를 가로질러
저물녘까지 일을 끝내지 못하고 있는 인부들에게 다가간다
곁에서 흙장난을 하고 있던 작은 사내아이
한수를 알아본듯 손가락질을 하지만
못본체하고 인부들에게 말을 거는 한수

한수 해 떨어지겠는데 아직까지 일을…

쉴 틈을 찾아 곧 일손을 멈추는 인부들
이마의 땀을 닦으며 한수를 훑어본다

인부1 뭐라 했소?

한수 말 좀 묻소…

인부2 뭐요?

한수 그러니까…

인부1 뭐라는 거야?

인부2 들어봐

한수 나 온성 사람이오…

인부2 그런데?

한수 십년 만에 고향엘 왔더니…
왜서리 이리 쑥대밭이 되었는지…
살던 집 찾아야 하는데…
마을이 꼭 폭격당한 것처럼 어째 이렇소…
누가 설명 좀…

한수의 느리고 답답한 말 듣고 나서 서로를 쳐다보는 인부들

인부1 온성 사람이라는데? 자네도 온성 아냐? 아는 사람야?

인부2 나도 오래 고향 떠났지 않아

인부1 왜 이리 됐냐고 묻는 걸 보니 아무것도 모르나보군

한수 살던 집 꼭 찾아야 하는데… 뭐가 뭔지 어디가 어딘지…
마당에 커다란 살구나무가 있던 집인데…
혹시 본 적 있소?… 커다란 살구나무 말이오…

인부1 커다란 살구나무 집? 내레 뭐 아나 떠돌이 일꾼인걸
자네 아나? 살구나무 집? 응?

되묻는 것이 말버릇인 인부1
귀찮은듯 얼굴을 찡그리는 인부2

인부2 나도 오래 고향을 떠났다지 않아
이봐요 아재요
살구나무 집이든 복숭아나무 집이든 다 쓸어버렸시요
온탄지구 살림집 1천 세대 공급계획 못 들어봤소?
나도 탄가루 지긋지긋해
이쪽으론 하늘도 쳐다보고 싶지도 않았는데
립주권을 준다잖아 그래 한걸음에 달려왔지
아재도 온성 사람이면 어서 그거나 알아보기요
살기 싫으면 립주권 팔 수도 있단데요

하지만 눈 앞의 폐허에 망연자실해 있는 한수에게

공급계획이니 립주권이니 하는 말들이 귀에 들어올 리 없다
한수 대신
귀를 쫑긋거리며 턱을 괸 채 땅에 쪼그리고 앉아
말참견을 하는 작은 사내아이

작은 사내아이 또 그 얘기네 립주권 립주권
여기서도 립주권 저기서도 립주권
하루종일 립주권 립주권
꼭 미친여자 손 흔드는 것 같지 뭐야

한수 아무리 그래도 어떻게 이렇게
마을 전체가 흔적도 없이…
멀리서도 보이던 커다란 살구나무인데…
그 나무 아래 작은 집인데…

인부2 이봐 아재요
찌그러진 땅집을 찾을 게 아니라 립주권을 찾으란데
아빠트요 아빠트
쥐구멍에도 볕들 날이 있다더니
이런 탄광촌에 아빠트라니
다 지은 거 보고 나면
아재도 그놈의 복숭아나무 타령 쏙 들어갈거야
그러니 재깍 립주권이나 알아보라니까요

하지만 인부2의 입주권 타령 안중에 없는 한수다

한수 그럼 여기 살던 사람들은… 다 어디로 갔소…
다 무너진 집들 뿐인데… 다들 어디로…

인부1 마을 사람들? 이봐 다들 어디로 갔댔나? 자네 아나?

인부2 그걸 내가 어찌 아나
제 발 달린 대로들 갔겠지

인부1 그래 엉덩이 붙일 곳들 찾아갔겠지
아무튼 완공되면 다들 돌아올거요
그래 지금 여기엔 일 찾아온 일꾼들과 그 가족들 뿐이오
그렇지?

대답없는 인부2 대신 말참견 하는 작은 사내아이

작은 사내아이 그럼 아빠뜨 다 지으면 우리 가족은 어디로 가요?

인부1 아래를 힐끗 내려다보곤

인부1 이놈의 간나새끼 느그 집 어딜 가든
이렇게 빨빨거리다간 너만 쏙 빼놓고 갈거다

인부1을 향해 혀를 쑥 내미는 작은 사내아이
그리곤 벌떡 일어서서 한수를 향해

작은 사내아이　나 알아요 살구나무 집 커다란 살구나무 있던 집

한수　뭐라고? 안다고? 방금 살구나무 있던 집 안다고… 응?

작은 사내아이　안다니깐요 살구나무 집
살구나무 잘린 둥치
우리 가족이 밤에 몰래 들고 와
겨우 내내 불땠어요
그런데 복숭아나무 집은 없어요
마을 구석구석 난 다 안다니깐요

인부1　간나새끼 어지간히도 빨빨거렸군

작은 사내아이의 팔목을 잡아끄는 한수

한수　어서 가자 살구나무 집 어서

팔목을 잡힌 채로 신나게 반 바퀴 돌아 앞장서는 작은 사내아이

작은 사내아이　가요

한수 가자 어서 가자

팔짝팔짝 뛰는 작은 사내아이
뒤따르는 한수
그러다 채 몇 걸음 안 가서 멈추어서는 한수
우두커니 쳐다보는 두 인부

한수 잠… 잠깐…

작은 사내아이의 팔목을 놓고는 인부들에게 다가간다

한수 저… 삽 좀… 빌릴 수 있겠소…

인부1 빌려달라고? 삽을?

고개를 끄덕이는 한수

인부1 뭐에 쓰려고?

한수 래일 돌려드릴테니 하룻밤만…
삽 빌린 값도 래일 드리겠소…

인부1 삽 빌린 값을 쳐주겠다고?

이걸로 금은보화라도 캐내려는가? 이봐 빌려줄까?

인부2 아재요

렛날 집터 찾아가봐야 남아있는 것 하나도 없시요

고철주이들이 붙여가고 나뭇꾼들이 뜯어가고

남은 건 넝마주이들이 주워가고

싹 다 훠쓸어갔시요

헛수고 말고

저 간나 집 따라가서 밤이슬이나 피했다가

날 밝으면 재개발사업소나 찾아가봐요

그러나 그새 삽자루를 한수에게 건넨 인부1

인부1 보아하니 오갈 데도 없어 보이는데

이 삽자루로 몸이나 풀고 래일부터 일이나 같이 합시다

야이 말대로 립주권 받는대도

그동안 먹고 살아야 할 거 아니요 그렇지 않소?

가타부타 대답없이

삽자루만 성큼 받아들고 고개를 숙이는 한수

어느새 다가온 작은 사내아이

한수의 옷자락을 잡아끌며 재촉한다

작은 사내아이 가요 어서요
어제도 해 떨어지고 들어가서 혼났어요
오늘도 혼나겠어요

인부들을 향해 다시 한 번 고개를 숙인 뒤
작은 사내아이의 뒤를 따르는 한수
그들의 모습을 잠시 쳐다보다가 장비를 챙겨드는 인부들

인부1 가족이 없나? 리름이라도 물어볼 걸 그랬지?

인부2 쓸데없는 소리 가자 해 떨어지겠어

퇴장하는 인부들

한편
무대 한가운데로 나아온
한수와 작은 사내아이
바로 그곳이
한수의 가족들이 살았던 집터다
어느새 푸른빛으로 어스름해진 조명 아래
잘 보이지 않는 한수의 표정
작은 사내아이의 개구진 손가락이 어느 한 곳을 가리킨다

작은 사내아이　봐요 저기 살구나무 밑둥 보여요?

작은 사내아이가 가리키는 곳을 말없이 바라보는 한수
잠시 후 고개를 끄덕인다

작은 사내아이　이젠 어쩔 거야요?

작은 사내아이를 내려다보는 한수
이젠 어쩔 건지 잠시 생각에 잠긴 듯 하다가
혹은 옛날엔 어땠는지
잠시 망각 속을 허우적거리는 듯 하다가
삽자루를 든다

한수　기… 기다려라…

재미있다는 듯 제자리에서 팔짝팔짝 뛰는 작은 사내아이
언제라도 순식간에 펼쳐지는
영원히 해 떨어지지지 않는 어른 없는 세상이다
이윽고
있는 힘껏 땅을 파내려가기 시작하는 한수

무대 앞
마을 어귀 미친여자의 환희 여전하고

무대 저편

망부석처럼 앉아있는 젊은 아비의 고독 여전하고

무대 한가운데

계속되는 한수의 삽질과

팔짝팔짝 뛰며 한수의 주변은 맴도는 작은 사내아이

이모습 이대로

저무는 하루가 아쉬운듯

어스름한 실루엣들

한동안 계속되다가

서서히

깊은 구덩이 같은 어둠에 휩싸이며

암전

잠시 후

어둠 속에서 들리는 한수와 큰아들 영훈의 대화

아니 이게 뭐냐

받으세요

이렇게 큰 돈이 도대체… 무슨 일이 있는 거냐

……

대답해봐 로씨야로 류학을 보냈더니 무슨 일을 치고 다니는 거냐

마지막으로 인사를 드리러 왔어요

아니 그게 무슨 소리야 영훈아- 영훈아-

어둠 속에 퍼지는 한수의 목소리
지금과는 다른
그러나 어쩌면
지금과 다르지 않았을 목소리
돌이킬 수 없는 과거 속으로 완전히 사라지고 난 뒤

무대 한가운데
동그랗게 퍼지는 단칸의 불빛
어둠이 밖을 두른 그 안에
밥상을 가운데 두고 다시 모인 가족
젊은 아비와 어미
큰 사내아이와 계집아이
말없이 수저질을 하고 있다
작은 사내아이 보이지 않는다
잠시 후
젊은 아비 빈 그릇을 못마땅히 내려놓으며

젊은 아비 종간나새끼 해 떨어진 지가 언젠데

젊은 어미 놔둬요

고개를 드는 큰 사내아이
젊은 아비와 눈이 마주치자 다시 고개를 숙인다

젊은 어미를 올려다보는 계집아이
밖의 어둠을 향해 귀를 기울이는 젊은 아비

젊은 아비 간나 이제야 기어들어오는군

젊은 어미 뭐라지 말아요 들어오면 됐시요

계집아이 오라비다

무대 뒷편에서 뛰어들어오는 작은 사내아이
밥상 앞에 넘어질듯 주저앉으며
손에 움켜쥔 것을 흔들어댄다

작은 사내아이 오마니- 오마니-

흔들리는 호롱불 아래
흔들리는 돈다발
흔들리는 가족의 놀란 얼굴들
살구나무 뿌리의 냄새가 밴 돈다발이다
숨이 턱끝까지 차오른 작은 사내아이

작은 사내아이 있지요 어… 어떤 아재비가 살구나무…
땅을… 파서… 이… 걸…

꺼내서 나한테도 나한테도… 한움큼…

생선처럼 팔딱대는 작은 사내아이의 손을 붙들어
돈다발을 채가는 젊은 아비
그러나 호롱불에 비춰보고는 곧 험악한 얼굴이 되어
젊은 어미 앞에 팽개치듯 던져놓는다
돈다발을 집어든 젊은 어미
곧 치통이 되살아난듯한 얼굴이 되어 도로 내려놓는다
계집아이의 작은 손이 돈다발을 쥐려는 순간
낚아채가는 큰 사내아이
호롱불에 앞뒤로 찬찬히 돌려보고는
아는 체할 것이 생겨 신이 났다

큰 사내아이 바보야 이거 롓날 돈이잖아
리젠 없어진 돈이야 바보야
넌 그런 것두 모르지?
화- 폐- 개- 혁- [1)]

작은 사내아이 하… 패… 그게 뭐나?

큰 사내아이 말해줘도 넌 몰라 바보야-

작은 사내아이 내가 왜 바보야-

큰 사내아이 맹꽁맹꽁 맹꽁이지-

작은 사내아이 내가 왜 맹꽁이야-

큰 사내아이 배터져 죽은 개구리지-

작은 사내아이 이게-

휴지조각이 된 재산 강물에 떠내려보낸 옛 기억
되살아난 젊은 아비
버럭 소리를 지른다

젊은 아비 시끄럽다! 다들 썩 나가!
이봐 그거 내 눈 앞에 썩 치워!
아궁이에 쳐넣어버리라구!

놀라 울음을 터트리는 계집아이

계집아이 아앙-

1) 북한은 2009년 11월 30일에 기존의 100원을 1원으로 교환하는 화폐개혁을 단행했다. 이는 인플레이션을 해소하고 주민들이 보유하고 있는 현금을 끌어내기 위한 것으로, 당시 북한에서는 주민들의 현금 보유와 유통으로 시장경제가 점점 더 활발해지는 상황이었다. 하지만 제대로 준비되지 못한 상태에서 실시된데다 세대당 교환 가능한 액수를 10만원으로 제한해놓아 가계마다 보유한 현금의 대부분이 휴지조각이 되는 등 경제 공황과 커다란 사회적 혼란을 야기시켰다. 결국 다음 해인 2010년 3월 당 로동당 계획재정부장 박남기와 재정경제부부장 김태영에게 화폐개혁 실패의 책임을 씌우고 이들 및 관련 100여 명을 공개총살하는 것으로 서둘러 수습했다.

젊은 아비　다들 꼴도 보기 싫다!
　　　　　　내 눈앞에서 썩들 꺼져!

쥐고 있던 돈다발 가슴에 품으며 어깨를 움츠리는 큰 사내아이
억울함에 양볼을 씰룩이는 작은 사내아이

작은 사내아이　오마니- 형이- 형이-

작은 사내아이의 입을 틀어막는 젊은 어미

젊은 어미　얘들아-

젊은 어미의 따듯한 손바닥에
참았던 울음 터트리는 작은 사내아이
계집아이의 울음과 뒤섞인다

작은 사내아이　우아아앙-

계집아이　아아앙-

젊은 아비　이것들이-!
　　　　　　이봐-!

젊은 어미　애들아 제발-

계집아이　아앙- 아앙-

작은 사내아이　우앙- 우앙- 우앙-

밤이 깊어가는 마을
어디서나 들릴 법한 아이들 울음소리
궁벽하게 새어나오던 호롱불빛
점점 사그라들다가
암전

제5장
영훈
2022년 다시 봄

불꺼진 무대
어둠 속
들리는 소리들

이북의 봄
지저귀는 새소리
봄이 가고
이남의 여름
더운 뱃고동 소리 사이로 희미하게 들리는 투쟁가
여름이 가고
중국의 가을
서늘한 바람에 옥수숫대 부딪는 소리
가을이 가고
국경의 겨울
뽀드득 뽀드득 눈을 밟는 깃털처럼 가벼운 발자국 소리

그리고
다시 봄
얼음장 밑을 흐르는 맑은 시냇물 소리 같은
피아노 건반의 마지막 한 음
긴 여운이 지나간 뒤
우레와 같은 박수와 함성
브라보 브라보 브라보
연달아 외치는 사이로
연주자의 이름을 부르는 소리
브라보 토야 브라보 브라보 토야 브라보
호명에 존재가 밝아지듯

가운데를 중심으로 무대가 서서히 밝아지면
검게 빛나는 그랜드피아노 앞에
이제껏 쉴 새 없이 어깨를 움직이던 영훈이
마지막 건반을 누른 채 멈춰 있다
연주자를 일으켜 세우기 위해 더욱 커지는 박수와 환호성
브라보 토야 토야 브라보 토야 토야 토야
세상 사람들이 그를 부르는 이름 토야
러시아에서 행방불명된 후 몽골에서 다시 태어나
프랑스 국적을 취득한 피아니스트 토야다
이윽고
피아노 앞에서 일어나 관객들을 향해 서는 영훈
2층 발코니석에서부터 무대 바로 아래의 로얄석까지
시선을 천천히 내리그으며 인사를 한 뒤
대부분의 피아니스트들이 그러하듯
냉정하게 돌아서서 무대 뒤로 사라진다
이에
연주자를 도로 불러내기 위해 더욱 간절해지는 박수와 함성
잠시 후
냉정하게 돌아섰던 모습 그대로
단정한 구둣발 소리와 함께 무대 가운데로 걸어나오는 영훈
다시 한 번 허리숙여 인사를 한 뒤
박수소리가 잦아들 때까지 기다리는 그의 빛나는 얼굴
그의 이름 토야는 몽골어로 빛이라는 뜻이다

관객 앞에 선 빛의 피아니스트 토야
그의 육성을 들을 수 있는 유일한 순간을 위해
일순 고요해지는 장내
악장과 악장 사이의 긴장된 침묵이 아닌
너와 나 사이의 충만한 침묵 속에서
이윽고 입을 여는 영훈

영훈 Comme certains d'entre vous le savent peut-être
Saint-Etienne est la ville natale de mon épouse Michel
Chaque été je viens ici pour des vacances
avec ma femme et mes enfants
et je me sens trahi par ma femme
pour ne montrer que le chaud été Saint-Etienne
à part le beau printemps Saint-Etienne comme aujourd'hui

가볍게 퍼지는 웃음소리들

영훈 Mais d'un autre côté,
je pense que toutes les saisons seront belles pour ma femme
Car c'est sa ville natale

잠시 침묵한 뒤

영훈 Il y a une pièce pour piano que j'aimais le plue quand
je vivais dans ma ville natale dans ma jeunesse
C'est la pièce pour piano que
j'ai pratiquée et jouée le plus dans ma ville natale
Même maintenant,
chaque fois que je pense à ma ville natale
je m'assois devant le piano et j'en joue,
même au millieu de la nuit
Je jouerai cette chason à partir de maintenant
Il s'agit de la Sonate pour piano
de Beethoven n° 17 2e mouvement
C'est une chanson avec un sous-titre appelé Tempest

그리고 곧
피아노 앞에 앉아
아주 잠깐
허공을 응시한 뒤

1) 아시는 분도 있으시겠지만 이곳 쌩떼띠엔은 제 아내 미셸의 고향입니다. 매년 여름마다 아내와 아이들과 이곳에 와서 휴가를 보내는데, 이렇게 아름다운 봄의 쌩떼띠엔을 두고 태양이 작열하는 쌩떼띠엔만 보여주다니 아내에게 배신감이 드는군요.

2) 하지만 한편으론 아내에겐 모든 계절이 다 아름다울 것이라 생각이 듭니다. 고향이니까요.

3) 젊은 시절, 고향에 있을 때 가장 많이 좋아했고 가장 많이 연습하고 연주했고 지금도 고향이 생각날 때면 한밤중에라도 피아노 앞에 앉아보는 곡 들려드리겠습니다. 베토벤의 피아노소나타 17번 폭풍 2악장입니다.

연주를 시작하는 영훈

베토베의 피아노소나타 17번
폭풍이라는 부제가 붙은 곡
그가 연주하는 2악장은
폭풍이 한차례 지나간 뒤 다시 내리쬐는 빛나는 햇살 속에서
폭풍에 찢기지도 휩쓸리지도 않은
여린 풀잎들의 살랑거림이 떠오르는 곡이다

연주 끝나면
영훈 일어서서
관객들을 향해
깊이 허리 숙여 인사
다시 고개를 드는 영훈
폭풍에 찢기지도 휩쓸리지도 않은
고요하게 빛나는 얼굴
그 위로
조명 점점 어두워지다가
암전

막이 내린다.

이 책의 이해를 돕기 위해

북한 사회를 그리는 소설집의 이해를 돕기 위해 약간의 글을 덧붙이면서, 새삼 환기되는 것들이 있다. 첫째로 그곳은 보여주기로 작정한 것 외엔 어떤 것도 보여주지 않는 철저하게 폐쇄된 사회라는 것이며, 둘째로 그곳의 사람들이 어떤 일들을 겪으며 살아왔는지 누구와도 공유되지 못하는 완전히 고립된 사회라는 것, 마지막으로 그런 폐쇄와 고립이 아주 오랫동안 지속된 까닭에 이제는 그들이 보여주기로 작정한 것조차 아무도 납득할 수 없는 사회가 되었다는 것이다. 오늘날 북한 사회의 모습은 같은 민족인 우리에게조차 불가해하다.

하지만 이 소설집이 그리고 있는 한 가족의 이야기를 통해 엿볼 수 있듯, 그곳의 권력을 가진 자들이 어떤 체제를 만들었든 어떤 사회로 몰아갔든 간에 대대로 그 땅에 뿌리를 내리고 살아온 사람들의 고유하고도 보편적인 삶의 형태는 쉽게 변질되지 않는다. 성경의 이야기를 빌자면 나라와 민족들의 흥망성쇠 속에서도 누가 누구를 낳고 누가 누구를 낳은 한 인간에서 한 인간으로 이어지는 사랑의 이야기는 태초부터 종말까지 불변할 것이라는 믿음이 우리에게는 있다.

1. 어둡고 밝은 방

소설 속 가족의 이야기가 시작되는 1994년은 북한을 46년 동안 통치했던 김일성이 사망한 해였다. 사인은 심장마비, 향년 82세였다. 북한이 그동안의 신비스런 이미지를 살짝 걷어내고 외신을 통해 보여준 김일성의 장례식 장면은 그러나 전세계 사람들에게는 더욱 기이하게 비쳤다. 한 통치자의 죽음으로 인한 군중들의 슬픔이 거의 집단 광기에 가까웠기 때문이었다. 혹자는 선전을 위해 연출된 장면이었다고 단정짓기도 하지만 그들의 아우성은 아마도 진심이었다.

하지만 그토록 대단했던 북한 인민들의 영원한 사랑은 '수령'[1]이라는 호칭처럼 김일성에게만 영원히 귀속되었고, 그의 아들 김정일에게까지 흘러넘지치는 못했다. 무엇보다도 후계자의 이름이 나돌던 시기부터 북한의 경제 사정이 점점 나빠지기 시작해 '수령'의 죽음 후 '위대한 령도자'가 등장하자마자 잇따른 대홍수와 흉년이 겹쳐 1997년까지 아사자가 최소 60만에 달하는 최악의 기근 사태를 맞닥뜨렸기 때문이다. 극심한 굶주림 속에서 북한 인민들의 '위대한 령도자'에 대한 사랑과 충성은 쌀항아리처럼 바닥났고, 탈북하는 사태가 발생하기 시작했다.

한때 남한보다 풍족했던 북한의 경제가 1980년대 중반부터 서서히 기울기 시작해 1990년대에 이르러 완전히 붕괴된 데에는 여러가지 요인[2]이 겹쳐져 있지만, 가장 큰 원인은 1991년 소련의 붕괴와 동구권 국가들의 몰락이었다. 이것은 사회주의 국가들끼리의 상호 원조 성격의 무역이 더 이상 가능하지 않음을 의미하는 것이었고, 특히 소련으로부터 원유 및 원료 수입에 크게 의존하고 있던 북한은 대부분의 산업들

1) 북한 사회에서 김일성은 영원불멸의 존재이므로 '수령'이라는 칭호도 영원히 귀속되야 하는 것이었다. 이에 김정일은 자신을 '수령' 대신 '위대한 령도자'로 부르게 했다.

2) 우선 '주체농법'이라는 이름으로 실시된 산을 이용한 계단식 경작은 훗날 국토를 홍수에 취약한 상태로 만들었으며, 새롭게 개발한 옥수수 재배법의 실패도 식량 부족의 한 원인이 되었다. 또한 제1차, 제2차에 이어 1987년부터 착수한 제3차 7개년 계획에서부터는 '200일 전투' 등의 이름으로 목표 달성의 고삐를 아무리 당겨도 생산성이 현저히 저하되어 계획 경제의 비효율성이 드러나고 있었다. 또 1989년에 세계청년학생축전을 개최하면서 막대한 예산을 투입한 것도 점점 어려워지는 북한 경제에 부담을 더욱 가중시키는 요인이 되었다. 하지만 무엇보다 가장 결정적인 것은 소련 및 동구권의 몰락이었다.

이 중단될 정도로 심각한 타격을 받았다. 하지만 북한은 다른 동구권 국가들처럼 자본주의에 항복하는 대신 '우리식 사회주의'[3]의 고립을 택했고, 이어서 닥친 대홍수와 흉년은 고립된 국토마저 허물어뜨려 아무것도 남지 않게 되었다. 이 시기 살아남기 위해 고립의 강을 건너가는 사람들이 생겨나기 시작했다.

「어둡고 밝은 방」에서는 북한 경제가 완전히 붕괴되기 직전인 김일성 사망의 해를 그리고 있으며, 이후 가족들은 각자의 운명대로 떠나거나 남겨진다.

2. 일요일을 떠나다

지난 날 자유 대한민국을 찾아왔다는 몇몇 북한 고위 간부들의 증언이 대대적으로 선전되었던 까닭에 지금까지 우리의 머릿속에 탈북자라는 존재는 으레 자유를 위해 목숨을 거는 모습으로 각인돼 있지만, 1990년대 이후의 탈북자들은 거의 대부분 목숨을 위해 목숨을 거는 뫼비우스의 띠 같은 운명의 사람들이었다.

「일요일을 떠나다」에서 가장 먼저 북한을 떠나게 되는 지연(엄마)은 탈북자의 가장 전형적인 모습을 그리고 있는데, 북한 내에서는 지역 간의 이동이 쉽지 않은 까닭에 대부분의 탈북자들이 북중 국경 지역에 사는 사람들이라는 것과, 탈북하는 남녀의 성비에서 여성의 비율이 현저히 높다는 것, 그리고 처음엔 단순히 돈을 벌거나 식량을 구할 계획을 갖고 쉽게 강을 건넌다는 것이 그렇다. 하지만 탈북 후 그녀들은 곧

3) 1990년대 초반 소련과 동국권 국가들이 사회주의 체제를 포기하자, 사회주의 체제의 위협을 느낀 북한은 '우리식 사회주의'라는 용어를 내세워 주체사상의 차별성과 우월성을 강조하며 체제 단속에 나섰다.

자신들이 결국 중국 남자에게 넘겨지는 인신매매의 대상이었다는 것을 알게 된다. 브로커가 그녀들에게 강을 건네준 댓가로 요구하는 비용은 노동만으로는 마련하기 힘든 노예의 몸값 같은 금액이고, 이때 브로커가 일자리 대신 슬며시 보여주는 늙수구레한 중국 남자의 사진을 차라리 받아들이게 되는 것이다. 또한 이것은 탈북 남녀의 성비에 대한 답이기도 하다. 중국 당국은 농촌 가정의 빈자리에 불법 체류하는 북한 여성들에 대해서는 모른척 해주지만 수요가 없는 북한 남성들에게는 가차 없다.

한편 피아노를 전공하는 영훈(첫째 아들)을 통해서는 김일성의 주체사상이 정치·사회·문화의 전 분야에 걸친 막강한 통치 이념임을 엿볼 수 있다. 1955년 김일성이 연설에서 처음 '주체'라는 단어를 사용한 이후 1967년에 이르러 북한의 유일한 사상으로 확립된 '주체사상'은 공식적인 의미로는 사대주의와 교조주의를 극복하고 사상에서의 주체, 정치에서의 자주, 경제에서의 자립, 국방에서의 자위를 확립하자는 것이었다. 하지만 실제로는 '주체'의 자리에 '김일성'의 이름이 끼워지는 방식으로 작동하기 시작해 그 후 김일성 외의 다른 주체란 한순간의 상상조차 반역죄가 되어 수많은 '사대주의자'와 '교조주의자'와 '부르조아들'이 소리없이 사라졌다. 당 간부들에게 『목민심서』를 필독서로 읽혀 '봉건 유교 사상'을 퍼트렸다는 이유로 숙청된 박금철[4]의 예를 통해서도 알 수 있듯, 주체사상의 물듦에 불순물이 되는 불순분자들과 부르주아 외래 문화들이 대대적으로 제거되었다.

4) 조국광복회 출신으로 당시 당 정치위원회 상무위원이자 비서국 비서였던 박금철은 당 간부들에게 다산 정약용의 『목민심서』를 필독서로 읽게 하고, 광산 노동자들이 계획을 채우도록 독려하는 것이 부족했다고 하여 봉건 유교주의자 및 가족주의자라는 비판과 함께 숙청되었고, 이때 『목민심서』 또한 금서가 되었다.

영훈이 피아노 전공으로 대학 생활을 하는 2000년대에 이르러서는 외국 문화에 대한 배척이 다소 완화되었지만 미국 및 미 우방 국가들에 대해서는 여전히 강력했다. 실제의 예로 러시아 유학을 다녀와 북한 내에서 활동하던 한 피아니스트가 서열 10위 이내의 좋은 집안 환경을 버리고 탈북하게 된 사연은 다름아닌 유학 시절 악보를 외워왔던 미국 작곡가 리처드 클레이더만의 '가을의 전설'을 연습실에서 연주한 것이 화근이 되면서였다.

3. 밤의 태양절

김일성으로부터 권좌 뿐 아니라 나라 안의 가난과 나라 밖의 위협을 동시에 물려받은 김정일은 군사력 중심의 통치인 이른바 '선군 정치'를 통해 위기를 해결하려 했다. 이는 정치·경제·사회 등 전 분야에 걸쳐 군이 선도 역할을 하게 한다는 뜻으로 대내적으로는 통제와 단결을, 대외적으로는 국방력 강화를 위한 것이었다. 북한에서는 김정일의 선군 정치의 시작을 처음엔 1995년 1월 1일 다박솔 초소 방문으로 말했으나 2005년부터는 1960년 8월 25일 제105 탱크사단 현지 지도로 앞당겼는데, 초소든 탱크사단이든 간에 "경제 건설보다 중요한 것은 군대를 강하게 만드는 것이며 총대가 강하면 강대한 나라가 될 수 있다"는 김정일의 선군 정치 주창 이래 북한은 정치·경제·사회의 모든 것을 군사력에 쏟아 왔다.

「밤의 태양절」에서 영호(둘째 아들)가 중학교[5] 졸업을 앞두고 군 입대를 지원한 시기는 김정일의 선군 정치가 계속 강화되던 때로 3년 6개월이었던 군 복무 기간이 10년으로 늘어난 후였고, 특수 부대나 특별

지시에 따라서는 13년 이상 장기 복무를 해야 하는 경우도 있었다. 남한의 군인들이라면 그보다 더한 악몽이 없을만큼 긴 기간이겠지만, 북한의 군인들에게는 제대 후에 보다 나은 미래를 꿈꾸기 위해서는 순순히 감수해야 하는 기간이다. 군을 중시하는 선군 사회에서 군 복무의 여부는 사회 진출의 가장 중요한 기준이 되며, 병역 종류에 따라서 대학 진출이나 직장 선택에도 유리하기 때문이다. 또한 군 복무 중에 조선노동당 입당이 허락되는 경우도 왕왕 생긴다.

군사력에 있어서 병력 수는 가장 기본이므로, 대부분의 북한 젊은이들은 일정한 과정만 거치면 무난하게 군 입대를 할 수 있다. 식량난 시기에는 신체 검사의 합격 기준을 신장 148cm, 체중 43kg까지 낮추었을 정도로 군 입대의 턱은 낮다. 하지만 두 가지 상반된 성격의 예외가 존재하는데 하나는 특수 분야 종사자(과학 기술 산업 필수 요원, 예술·교육 행정 요원 등)나 정책 수혜자(영재 학교 학생, 부모가 고령인 독자 등) 등의 축복 받은 열외자들이고, 다른 하나는 적대 계층(부농·지주·자본가였던 자, 종교인, 월남자·월북자·정치범의 가족 등)이라 불리는 저주 받은 열외자들이다. 영호는 후자의 사례다.

조선민주주의인민공화국 수립 이래 북한은 프롤레타리아 1당의 사회주의 체제를 운영하면서 반제·반봉건 계급 해방을 이루었다고 말해왔다. 하지만 그들이 말하는 계급 '해방'이란 사실은 계급의 '재배치'에 다름아님은 '출신 성분'이라는 그들만의 독특한 조어를 통해 엿볼 수 있다. 북한은 1958년부터 전 인민을 대상으로 계급적 배경 등의 성분 조사 사업을 실시해 3계층 51개 부류로 나누었고, 이에 따라 의식주

5) 북한의 교육 체계는 유치원 1년, 소학교 4년, 중학교 6년의 11년 의무 교육 제도이다.

배급 등 모든 생활 영역에 차등을 두었다. 그중 상위 계층인 '핵심 계층'(28%)은 노동자, 머슴, 빈농, 사무원, 노동당원, 혁명 유가족, 애국열사 유가족, 전사자 가족, 영예군인 등의 출신 성분으로 이들은 주로 당·정·군 간부로 등용되며 모든 면에서 특별 대우를 받는다. 중간 계층인 '기본 계층'(45%)은 소·중상인, 수공업인, 소공장주, 중산층, 중농, 민족자본가, 월남자 가족, 유학자 및 지방 유지 등으로 이들은 대개 하급 간부까지만 진출할 수 있다. 그리고 마지막 계층이 '적대 계층'(27%)인데 이들의 출신 성분은 부농·지주·자본가였던 자, 친일·친미주의자, 종교인, 월남자·월북자·정치범의 가족 등으로 이 성분 불량자들은 대학 진학, 조선 노동당 입당 등의 자격이 원천 제한됨은 물론 입대나 결혼에 있어서도 제약을 받는다. 영호가 대학 진학을 일찌감치 포기한 것과 입대에 어려움을 겪는 것 모두 선조의 뿌리를 남한에 둔 한수(아버지)의 출신 성분으로 인해 가족 전체가 적대 계층으로 분류되어 있기 때문이다. 음악의 특별한 재능으로 대학 진학과 유학이 가능했던 영훈은 보기 드문 극소수의 사례에 속한다.

4. 달의 언덕을 넘어갔읍니다

앞서 말했듯 식량을 구하기 위해 여장을 꾸렸던 북한 여성들의 탈북 이후의 삶은 거의 대부분 중국 시골 마을의 어느 노총각의 집에 여장을 푸는 것으로 귀결된다. 결과적으로 북한의 가정을 버리고 중국에서 새 가정을 꾸리는 형태가 되는데, 지독히 가부장적인 사회에서 종속적으로 살아왔던 북한 여성들은 이 또한 어디가나 씌워지는 여성의 굴레로 순순히 받아들이며 새 남편에게 헌신하며 살아간다.

「달의 언덕을 넘어갔읍니다」에서 지연(엄마)도 마찬가지다. 시집 가고, 강을 건너 가고, 팔려 가고, 언덕을 넘어가, 마침내 더 이상 갈 곳 없는 백두산 자락의 깊은 산골 마을에 다다를 때까지 그녀는 운명의 길손을 뿌리치지 않고 순순히 따라갔었다. 그녀의 인생을 멀리서 바라보면 가족을 잃고, 나라를 잃고, 국적 없이 떠도는 한없이 기막힌 삶이지만, 가까이서 들여다보면 따듯한 가을 햇살이 내리쬐는 마당에 앉아 옥수수 낱알을 가리다가 졸기도 하는 지극히 평화로운 하루와 조우할 수도 있다.

그리고 그런 지연의 하루, 혹은 그녀들의 나날들은 어느 정도는 진실이다. 중국 생활을 거쳐 한국에 온 대부분의 탈북 여성들은 "중국이 한국보다 더 살기 좋았다"고 회상한다. 이유도 대개 비슷한데, 먹을 것이 풍부하고 물가가 싸다는 것, 사람들이 순하고 인심이 각박하지 않다는 것, 생활이 복잡하지 않다는 것, 그리고 가정적이고 여성을 귀하게 여기는 중국 남편 등을 꼽는다.

하지만 그럼에도 불구하고 그녀들 중 대다수는 다시 한국행을 선택하게 된다. 무엇보다도 중국 공안에 의해 언제 쫓겨날지 모르는 불법체류자가 아닌 대한민국의 국민으로 당당히 인정받을 수 있기 때문이고, 한국에 가서는 북녘에 두고 온 남몰래 사무치는 가족들을 여러 방법을 통해 데려올 수 있기 때문이며, 또한 태국 국경으로 넘어와 (일부러) 붙잡힌 북한 불법체류자들을 한국으로(남·북한이 같은 민족이라는 근거로) 돌려보내기로 대한민국과 태국 당국이 공조했으므로 한국행이 비교적 어렵지 않게 열려 있기 때문이다. 그리고 이러한 소식들을 알려주기 위해 탈북 장사치들이 중국의 깊은 산골 마을까지 뻔질나게 올라왔는데, 중국 가정에서 여성 우위의 삶을 몇 년 동안 경험했던 그녀들은 이제 자신의 인생을 스스로 '선택'할 만큼 진취적으로 바뀌어 있었으므로 브로커들을 다시 따라나서게 되는 것이다.

이상이 현재까지 한국에 정착해 살아가고 있는 여성 북한이탈주민 대부분의 탈북 스토리며, 아직 중국에 불법 체류 중인 지연도 언젠가는 비슷한 여정을 밟게 되리라 짐작해볼 수 있다.

하지만 그녀의 먼 날에 어떤 여정이 펼쳐지던 간에, 오늘은 오늘로 족하므로 지금은 저물어가는 해가 옥수수밭의 붉은 그림자를 그녀의 집까지 길게 끌어다놓아 그녀 남편의 눈에 어룽지게 하기 전에 어서 그녀를 깨워야 한다.

제목